UNITAS 聯合文學 主題特刊

作家的國文課：比國文課本多懂一點的文學講堂

封面設計 /jupee

作家的

一脈語言　衍流出萬千書寫的風景
一冊課本　包藏著無數未竟的想像
風貌各異的古今文學場
在場不在場的空間角力
經典賞析X異國文本
名家對談X學人專訪
現場師生心聲X寫作絕技解授
青春記憶書寫X作家選課賞味

讀得更廣一點
走得更遠一點
懂得更多一點

國文課

比國文課本多懂一點的文學講堂

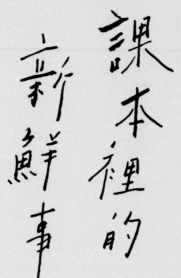

第一課

課本裡的新鮮事

代代閱讀的紙上課文經過作家演繹賞析，重獲文學的新鮮賞味期

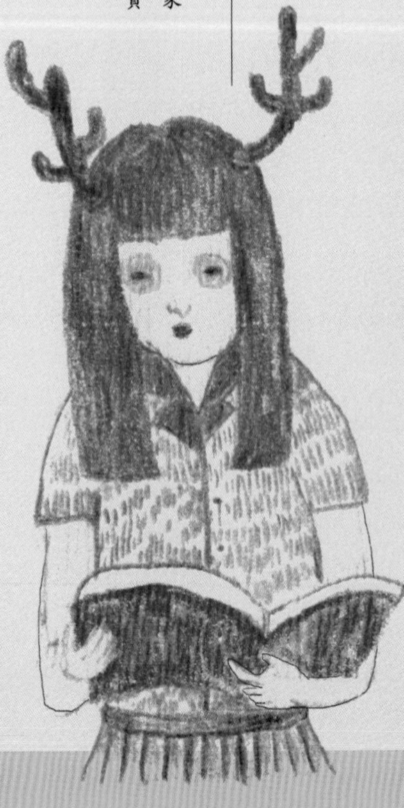

凌性傑
黃文鉅
田威寧
簡均倢
方秋停
陳雋弘
陳建男

兩種翡冷翠

徐志摩〈翡冷翠山居閒話〉、林文月〈翡冷翠在下雨〉

凌性傑／文

凌性傑

高雄人。天蠍座。作家、詩人與教師。曾獲台灣文學獎、林榮三文學獎、時報文學獎、中央日報文學獎、梁實秋文學獎、教育部文藝獎等。現任教於建國中學，著有《自己的看法》、《更好的生活》、《有故事的人》、《2008／凌性傑》、《找一個解釋》、《有信仰的人》、《彷彿若有光：遇見古典詩與詩生活》等詩、散文多種，編有《靈魂的領地：國民散文讀本》（與楊佳嫻合編），最新散文作品《慢行高雄》。

只要你認識了這一部書，你在這世界上寂寞時便不寂寞，窮困時不窮困，苦惱時有安慰，挫折時有鼓勵，軟弱時有督責，迷失時有南鍼。——徐志摩〈翡冷翠山居閒話〉（1925）

其中許多建築物幾度經歷天災兵禍的毀壞而又修復，不可能是十六世紀的原來面貌了。可是洪水氾濫過雨露浸蝕過，畢竟整座城都透露著一種蒼老的氣息。——林文月〈翡冷翠在下雨〉（1979）

如今我想念那座山城、那條蜿蜒的河，想念自己輕盈又猶豫的腳步。高中時讀了徐志摩與林文月的作品，我一直對翡冷翠存有一份特別的感情與想像。一九九九年唸碩士班，因為得到海尼根贈獎機票，才終於有機會到翡冷翠遊蕩閒晃，撫摸歷史，呼吸時光的醚味。成為高中教師之後，在電影《冷靜與熱情之間》、《燦爛時光》斑駁的光影裡反覆溫習往日足跡。課堂上談論旅行散文應該怎麼寫，我總是懷疑，徐志摩和林文月去的是同一個地方嗎？他們筆下似乎各自擁有一座屬於自己的翡冷翠，而且面目差異頗大。

徐志摩的散文奔放馳騁，從古典語境中徹底解放出來，那些歐化句法如今雖然顯得過於文藝腔，然而正因大膽構句、出格不羈，將現代散文的敘述帶向一處嶄新的天地。〈翡冷翠山居閒話〉裡，「不結伴的旅行者」徐志摩鼓吹漫漫獨遊，與大自然相契，讓靈魂身體一併解放。這種獨白式的美文，其敘述腔調已經成為歷史，現在少有人那樣寫文章了。可是徐志摩的文章仍有一定的穿透力，情趣與理趣盎然，彷彿不會過期。我喜歡散文折射美好的心靈質地，以及對世界懷抱善意的樣子，那姿態是裝也裝不來的。

〈翡冷翠在下雨〉裡的林文月由導遊帶路，文章最末透過對話映顯出觀光客與當地人的心思差異。〈翡冷翠在下雨〉是一篇高明的散文，不寫導遊如何介紹景點，不寫走馬看花，而是從天氣切入，用雨滴串連起過去與當下、想像與現實、個人與文明。這篇文章幾乎不事雕琢，只以從容淡雅的筆觸召喚歷史，有技巧地細數典故，這樣就足以讓人遙想文藝復興時代的風流人物。作者刻意壓低「我」的聲音，儘量讓景象說話。其布置最精巧處，乃在雨水點滴貫串全篇，用「有一滴雨落在錶面上」作為收束總結，將時間、空間相扣，並且凝聚在物象之中。

徐志摩與林文月寫出兩種翡冷翠，也寫出了語言的變遷、新變。林文月說：「如何多方妥善地吸收新的外來因素，復將其靈活巧妙地消化運用而表現出新面貌，正是我們這一代作家應該警惕與努力的方向。」這不也是我們應該跟學生一起努力的嗎？

曠男怨女經濟學

張愛玲教我們的事——〈傾城之戀〉

黃文鉅／文

黃文鉅
政治大學畢業。曾經誤人子第四年有餘。如今一事無成，做人失敗。一喝咖啡就胃痛，不折不扣抹茶控。著有散文集《感情用事》。

國文課我一定教張愛玲，每年也一定有學生質疑：「張愛玲是文言文，有看沒懂。」張式文風特立獨行，難脫古典世情小說腔調，其核心精神價值卻無比現代。可惜對當今學生而言，只要稍有點古典味，就是文言文，等同霧煞煞，於是乎滿堂哀嚎好難好討厭好煩哦。試了幾篇下來，有些孩子終於讀出味道來，也折服於才女的多舛人生（哎，尤其是張胡戀的八卦窺淫）。〈傾城之戀〉的達陣率稍高些，畢竟才子佳人的蘿曼史框架，普世皆宜。張愛玲少有歡快結局的小說，用一座城的陷落賭一份假作真時真亦假的感情，活脫脫儼然「羅馬假期」或「麻雀變鳳凰」了。

我嘗試出過一個作文題目是：「范柳原與白流蘇的下半場」。或許是先入為主的偏見，又或許這年頭連青春的心靈都不敢奢望真愛，他們揣測的劇情，多半如同玫瑰瞳鈴眼，清一色男偷腥女抓藤，有道是：滿城春色宮牆柳，千里鶯啼綠映紅。他們似乎非把團圓劇篡改成悲劇才甘心，為師讀來步步驚心（咳，既然如此，下次我們就來讀進階一點的）。我始終覺得，〈紅玫瑰與白玫瑰〉集合了張愛玲筆下各種畸態人際的原型。攸關人性曖昧交雜的羞恥，欲說還休的醜態遮掩，半裸乃至全開，到底該不該在這人生賭局一次SHOW HAND？精刮世故了大半生，終究不敵性格裏的小缺陷，那些罕有自覺的女子，用盡本事無非想讓自己慘白如屍的軀體，沾染著情變的血痕——那是愛的代價，甜而穩妥的回憶——而那些男子翻江倒海癡迷眾生之後，也不得不蕩盡精氣，成為他人記憶裡的一枚標本，甚至是，「鳥盡弓藏」的風月寶鑑（眼神死）。

男性必讀張愛玲，方能懂得情海多礁暗湧，誰下賤誰贏，誰屈辱誰王道（莫非是一個M的概念）。女性必讀張愛玲，更能懂得浪蕩（或俊俏）男子古來多，癡心小生誰見了（有些事情你現在不必問，有些人你永遠不必等）。倘若你是范柳原，願意捨棄與生俱有的風流靈巧潘安貌（乃至鄉民稱羨的30cm），當個乖寶或阿宅？你是否又願意像佟振保那樣，永遠封鎖內在的欲望，口嫌體正直，假掰過一生？分明浮花浪蕊，硬要裝出水芙蓉，管你床前明月光還胸口硃砂痣，遲早都有讓人萌發綠光的風險。

說穿了，終歸是一齣又一齣的「變形記」，一夕肌膚短兵相接之後，便是最遙遠的距離。想再回味濃情如初的下場，無非死路一條，或者乾脆讓自己心冷絕情，成為顧曼楨、曹七巧，在日後的人生反覆咀嚼某個同義複詞（如同未包葉的檳榔愈嚼愈腥辣）：滅絕師太。

說穿了，不過是人際經濟學的損益平衡。張愛玲筆下那些曠男怨女，無非都想向別人（或向假面當道的社會）證明：我是好人。卻在交關的過程敗露了命運的困蹇與畸零。好到不足以秒讚，卻又壞得不夠徹底。江頭風波多舛，人間行路前途，誰又有資格評斷誰做人失敗或成功呢？（諸位看倌請攬鏡）

天才之夢與魘

張愛玲〈天才夢〉

田威寧／文

田威寧

一九七九年七月生，A型巨蟹座。政大中文碩士。曾獲台灣文學獎、林語堂文學獎、懷恩文學獎、台北文學獎等多項文學獎。現任教於北一女中。著有散文集《寧視》。

高中國文課本的文章，創作時作者年齡最小的有兩篇：蘇轍〈上樞密韓太尉書〉，張愛玲〈天才夢〉，皆寫於作者十九歲時。高中生離「新科進士求見高官的背景」較遠，而頗能理解「從父母眼中看自己」的心理。

有比十五至十九歲更難自處的時期嗎？

從別人的瞳孔關照世界與觀看自己，充滿矛盾的認知——生活是規律而混亂的、我是快樂而寂寞的。張愛玲寫著：「生命是一襲華美的袍，爬滿了蝨子。」幾年後，又表示：「生在世上，沒有一樣感情不是千瘡百孔的」。包括母愛。

母親也許是女兒一生最大的資產，或是債務。

我看〈天才夢〉，看到的是母親對女兒直接而強烈的影響。曾把遙遠而美麗的母親「完美化」，視其為一切美好的象徵，少女時期的夢想簡直是以母親為藍圖。而同在一個屋簷下，看到明星在後台的真實模樣，朝夕相處，母親有著普通母親必備的嘮叨與自以為是。缺乏童年無條件的陪伴為基礎，女兒對母親既撒不了嬌，亦撒不了潑——雖然張愛玲曾表示「我一直是用一種羅曼蒂克的愛來愛著我的母親的。」然而「那些瑣屑的難堪，一點一點地毀了我的愛」，看著母親的瞳孔映出的自己，感到「在現實的社會裡，我等於一個廢物。」被否定使女兒壓抑且焦慮無所不在。自恃的「天才」像殘存的夢，感覺真實而分明，卻失去被窩的體溫。

母親對女兒有「西方淑女」的想像，苦心訓練，反覆叨唸，只換來女兒「思想失去均衡」。青春期所留下黯淡而曲折的軌跡，向前鑽入潛意識，往後直探入老去的靈魂。作為天才，張愛玲早已表態。七歲時，母親批評她的第一篇小說，而她固執地保存自己喜歡的部份，即表示：無論你怎麼想，我終究只能長成自己的樣子。自傳性小說《小團圓》敘述中年的九莉「看了棒球員吉美．皮爾索的傳記片，也哭得呼哧呼哧的，幾乎嚎啕起來。安東尼柏金斯演吉美，從小他父親培養他打棒球，壓力太大，無論怎樣賣力也討不了父親的歡心。成功後終於發了神經病，贏了一局之後，沿著看台一路攀著鐵絲網亂嚷：『看見了沒有？我打中了，打中了！』」張愛玲永遠覺得自己是不合格的女兒，巴巴地想討好母親，卻不得其門而入。

無法找到平衡點的母女，始終無法溫柔地相愛，反而有意無意地彼此傷害。寫作題材泰半提煉自真實人生的張愛玲難以「創造」慈母形象，〈傾城之戀〉、《半生緣》的母親皆不討喜，遑論〈金鎖記〉的曹七巧——為子女「生命中不能承受之親」。芥川龍之介表示「人生悲劇的第一幕，是揭開於親子關係初始的時候。」敏感、偏執而悲觀的張愛玲是否亦作如是觀？

天才，夢

張愛玲〈天才夢〉

簡均使／文・圖

簡均使

目前就讀於北一女中高二，天秤座的我追求優雅端莊的生活哲學，熱愛張愛玲華麗而蒼涼的文筆，願望是能用文章尋找到懂自己的人，以及吃遍天下珍奇美食。

〈天才夢〉是張愛玲十九年來對自身的感悟，句句寫的是自己和普遍社會的衝撞。天資聰穎的她在社會上如鶴立雞群般醒目。被看作是神童，但隨著年歲增長，神童長大後被迫面對成人世界的種種現實，這才驚覺神童只是人生某一階段性的喝采；相對於應對進退的禮儀與日常瑣事的應變能力，稍有疏失便引來冷言冷語，不禁讓她感嘆人生就如同那華美的袍子，看似炫麗奪目實則爬滿蝨子，千瘡百孔。

許多人把〈天才夢〉視為庸人自擾的一篇文章，也有人讀這篇選文時覺得張愛玲像是「不知民間疾苦」的作家，不僅種種事蹟讓人心生妒忌，她對周遭事物的極度冷感和無能更讓人嘖嘖稱奇，因而對她有了成見和排斥感。有別於他人對〈天才夢〉的偏見，我覺得此文是寫給某些同時看見自己的價值和缺陷的人。這篇散文賦予生命極大的張力，每個人都像一顆吹飽的氣球，個人所長盈滿充實，然而隨之而來的是羸弱萎靡的小結。張愛玲的才華洋溢在文壇堪稱傳奇，但是現實中經濟的牽絆卻使她後半生忙碌奔波，令人不禁感嘆：這樣的才情為何會在現實的洪流中被吞噬消磨？而十九歲的她似乎已隱隱得知這難以擺脫的宿命。

文章中有許多句子透露出她的童年景況，當我一遍遍細細精讀時便感覺一襲襲的惆悵湧上心頭——不僅是她淒苦的童年彷彿歷歷在目，更是那股有志難伸的感嘆——是悲悽而非怒吼。我能明白她的無力感，從輝煌的記憶裡抽離，被迫要面對灰黯的另一面，沒有任何理由，只因為那就是無奈的事實。我們希冀能創造一顆屬於自己的星球，那世界中只會有我們所愛、所擅長；然而，我們之中沒有一個是偉大的造物者，因而我們只能在有限的世界探尋自己的小宇宙，在其中揮灑僅存的自由。她不在日常生活上投注一點心力，卻能欣賞七月巧雲、吃鹽水花生，因為對她而言，日常瑣事絕非補給其天才的必要養分，而是存在世界中人與萬物必須且乏然無味的行為。

她在沒有人與人交接的場合充滿了生命的歡愉，不懂她的人以為她是孤僻甚至不合群，但我完全能理解她的苦衷。在無人的世界裡，我能依著我的心意，隨著我自己鋪設的軌道自在暢遊，沒有交際的繁文縟節，也沒有他人的眼光，這一刻我終能從現實勞役中解脫。尤其是處在鬧哄哄的人群裡，儘管周圍再多人，卻沒人能懂自己的孤寂感，恨不得身旁的人都隱了形、住了口，讓我安心地掉進自我的漩渦中，旋轉自己的思緒。我的資質遠遠不及張愛玲，或許對她的看法只是我自己一廂情願，然而我卻在這篇散文裡，捕捉到與我相似的影子。生命未必是華美的袍子，但蝨子必定滿布其中。

細節動人的家常書寫

我看歸有光的〈項脊軒志〉

方秋停／文

方秋停

生於台南，東海中文研究所畢業後於海外悠遊數年，取得美國中佛州大學教育碩士，目前定居台中。喜歡烹飪、電影、旅行和散步，習慣臨窗閱讀或遐想，讓花草點綴生活，品味簡單的幸福與快樂。珍惜寫作機緣，盼寫出值得記憶的愛和感動。曾任《明道文藝》總編輯，現爲國文教師。曾獲時報文學獎、教育部文藝創作獎、吳濁流文藝獎、福報文學獎、桐花文學獎等。有散文《原鄉步道》、《童年玫瑰》、《兩代廚房》，小說集《山海歲月》、《耳鳴》等。

何謂經典？大凡能夠寫出人心幽微，讓人感覺心有戚戚焉，並於創作手法上有所開發或值得學習者便是。明代歸有光的〈項脊軒志〉一文，雖非長篇鉅著，亦未言說重大事理，卻讓我印象深刻，每回授課總特別有感觸。

古文人十年寒窗苦讀，長年閉門積累學養，若以書房為題多半抒發志向、表達風雅，歸有光此文獨以懷人為重點，為人示範自家常取材的親情書寫模式。而其不假雕飾卻深刻感人，成功關鍵應在「真切」二字。

文章先述項脊軒沿革，小屋從破漏昏暗，經修葺後開窗築牆、援引斜陽返照，改善室內光線，再加上閑雅擺設及月夜桂影、小鳥飛來，外景、內心於是合成可喜景觀。歸有光一開始便以清新曉暢的文字點出新象，與後文的辛酸愁苦形成映照。大家族人情繁複，非三言兩語所能道盡，歸有光巧以東犬西吠、客逾庖而宴、庭間隔閡始為籬後為牆的具體事件，寫出親族間隙日深，漸次疏離的悲哀。

寫人不易，敘寫未曾謀面或印象模糊之人更如隔一層難以下手，文中卻能透過老嫗追述，書房某處曾為母親站立之處、大母曾持象笏前來勉勵，一幕幕皆具畫面感，使先大母、母親神情樣貌如在目前。又如述及母親以指叩門扉問：「兒寒乎？欲食乎？」、及「老嫗語未畢，余泣，嫗亦泣」的情節，往事歷歷，悲情惻惻跌宕不已。

歸有光善於從細節下筆，因情串連，親人的一舉一動、小軒的一草一木皆帶情意，看似平淡的文字卻飽含動人力量。寫妻言其常來軒中詢問古事，歸寧不忘與妹談及閣子之事，聊聊數語，夫妻間的和諧關係不言可喻。文末提及妻亡那年親手植種的枇杷樹今已亭亭如蓋，輕輕一筆，便寓無窮感慨。

文學創作不外敘議抒情，景物事理如何搭配、義法如何拿捏，各家巧妙不同。歸有光此文看似隨意、敘述時間拉得長遠，然因所寫之事全環繞著項脊軒，人情雖衆卻不雜亂。小軒反映作者遭遇，人與屋命運相接連，「軒凡四遭火，得不焚」歸有光以其得神之助，期勉自己眼前雖然困頓，來年當有一番作為。而世事無常，妻亡故後歸有光心情低落，室壞無心修理，之後因心神無聊請人修屋，待屋修好又長年在外，不常居住，滄桑無奈之感自然呈現。

借物寄情，寫出內心，此文撥動人對親情與愛及對生命存歿、理想追求的諸多感懷。因其情真、意深並呈現多種寫作門路，給予我相當多的啓示。

不想成為鳥的歐陽脩

歐陽脩〈醉翁亭記〉

陳雋弘／文

陳雋弘
屏東人，雄中、嘉義師院校友，現爲高中教師。曾獲時報文學獎、教育部文藝創作獎、台灣文學獎、優秀青年詩人獎、詩路年度網路詩人獎、吳濁流文學獎等。有詩集《面對》、《等待沒收》。個人新聞台「貧血的地中海」。

不快樂的歐陽脩

歐陽脩的〈醉翁亭記〉，是古典文學中少數表達快樂的作品。記憶中，選入國文課本的文章，似乎都給人孤獨、哀愁、痛苦、不被理解的印象。〈醉翁亭記〉卻很不一樣，歐陽脩記錄了一次與滁州百姓出遊的過程，他們聊天、歡笑、唱歌、前呼後應，歐陽脩甚至喝多了酒，有些微微地醉了。

但歐陽脩其實並不快樂。那一年他四十歲，正經歷人生的低潮，遭逢著生命裡的雙重打擊。在政治上，他陷入慶曆新政的敗局裡，為范仲淹挺身而受到株連；在家庭裡，因張氏一案而被誣陷與外甥女有染。由此可知，歐陽脩在當時的情境下絕對不可能感到快樂，然而當他寫〈醉翁亭記〉時，表現出來的歡欣之情也絕非造假、偽裝。

什麼是「人之樂」

歐陽脩在這篇文章的最後，提到了「禽鳥知山林之樂，而不知人之樂」。作為一隻禽鳥，自有一種天真自然的快樂，那是一種「存在著」的單純狀態。然而牠不知道「人之樂」，牠不知道的是，人不僅僅只是「存在著」如此簡單，我們還會思索、追求、探問，這一切的一切，背後的意義。

人必須面對自己、他人，以及這個世界的過去、此刻與未來。憑此，人類創建了文明，並且有了歷史的記憶，這些都不是禽鳥所能理解、關心、在乎的。與禽鳥相較，人有著更多的負累，這是我們時時感到痛苦的原因。

然而也因為痛苦，人有了他自己的快樂，一種禽鳥無法明白的，屬於「人」的深刻的快樂。在這裡，歐陽脩委婉地展現了他的儒家立場。儒家的快樂不是情緒的波動，而是自我的實現與完成。更特別的是，儒家認為個人的成功來自社會的成功、文明的成功，也就是說，自我的實現不能離群索居，而在於獻身社會。真正的快樂必需奠立在社會、文明的美善之上。

自然之外，有人的價值

唯有如此，我們才能理解歐陽脩在〈醉翁亭記〉裡體會到的快樂。他的快樂來自人民，在儒家的追求裡，有一份勇敢之心、淑世之意，這是儒家了不起的地方，也是〈醉翁亭記〉真正動人的地方。

當我們讀完整篇〈醉翁亭記〉，再次回望文章的第一句「環滁皆山也」，是有特殊意義的。這裡的「山」不僅僅是禽鳥眼中的山，也不僅僅只是單純存在著的山水與自然。它是被「人」看見的山水與自然，這裡頭有人的心情、有人的價值。

「環滁皆山也」，不獨單單寫景，它其實是一種心情，在如此平穩、厚重、溫柔的群山面前，歐陽脩生命裡一切的挫折苦痛都得到了安慰與包容。這個意象如此美麗動人，那是因為有個「人」在看著這一切——山因為人的存在得到了意義，人則因為山的環抱而得到了報償。

再桃源

陶淵明〈桃花源記〉

陳建男／文

陳建男
台灣大學中文系博士，曾與甘炤文合編《台灣七年級散文金典》。

〈桃花源記〉是陶淵明將同時期諸多民間傳說、志怪故事，透過藝術加工手法，點綴成文，這樣的書寫對愛讀《山海經》、涉獵志怪的陶淵明，大概是牛刀小試吧。

漁人無心而至，刻意留跡而迷失其路，陶淵明大概也沒有想到，自己有意為之，反而成為後世美好想像、理想世界的開端。「桃源」歷唐宋而逐漸成為創作重要的主題，在詩詞中或為寄託，或為求證，或為翻案；在繪畫中，《桃源圖》或為寫意，或為寫實；在新詩中，無論是羅智成〈桃花源〉系列詩作對文明的省思，或楊書軒對蘭陽地區由於經濟開發而失落的感嘆，都可見「桃源」成為文學脈絡中不可忽視的一環。

中學課本裡的陶淵明，無論是〈五柳先生傳〉還是〈飲酒〉，多半强調任真自得的一面，然而在〈桃花源記〉之外，我總想像喝得醉醺醺的他在醉眼間所看見的不正經世界，也許光怪陸離，卻親切可愛，一如偽署陶淵明所著的《搜神後記》。或許在他腦中有一個類似《山海經》的世界觀，就像《歐赫貝奇幻地誌學》一樣，桃花源不過是他準備勾勒的一處地景。

而在簡短的〈桃花源記〉中，我無從得知此處的人是真的天性純樸，還是猶如電影《記憶傳承人：極樂謊言》將情感消弭，使再無嫉妒、競爭之心；是真的安居樂業，還是猶如許多反烏托邦作品中看似平等、富庶的假象。是我太過敏感還是早已不復忘機而至的赤子之心，面對簡短的文字猶存成人間的機關算計，然而中學時期的我，是曾經多麼嚮往有一處這樣自得的地方，可以不受拘束。

於是，再次回到〈桃花源記〉與〈桃花源詩〉，我想，若其中的人「一朝敞神界」，得以表達心聲，他們會怎麼說呢？是像《追逐繁星的孩子》中雅戈泰的人所言，由於太了悟生死所以只能走向滅亡？或是因害怕受侵略只好封閉入口？還是那裡有結界，如《消失的地平線》那樣踏出就老死？我總如此思量著，像蘇軾一樣，試圖解釋種種跡象，而生活在桃源的人也許早已超越這些問題，不得而知。

終究，桃源依然是永恆思辨與想像之地，就像保羅・安德魯（Paul Andreu）所言「我經常可以感到一種不屬於醒來的時間的那種平靜與安詳」，或是相反。我仍嚮往有那麼一處地方，平行於這個世界，偶爾心之所至，那或許也是陶淵明常常穿越之處吧！

延伸閱讀

《彷彿若有光：遇見古典詩與詩生活》
凌性傑／著
麥田出版｜ 2013 年 10 月

《感情用事》
黃文鉅／著
聯合文學出版｜ 2012 年 11 月

《寧視》
田威寧／著
聯經出版｜ 2014 年 9 月

《港邊少年》
方秋停／著
晨星出版｜ 2015 年 6 月

《等待沒收》
陳雋弘／著
松濤文社｜ 2008 年 5 月

《台灣七年級散文金典》
甘炤文、陳建男／著
釀出版｜ 2011 年 2 月

第二課

那些作家教我的課

課本作家現身說法，引領讀者進入當代文本的美學現場

廖鴻基

徐國能

鍾怡雯

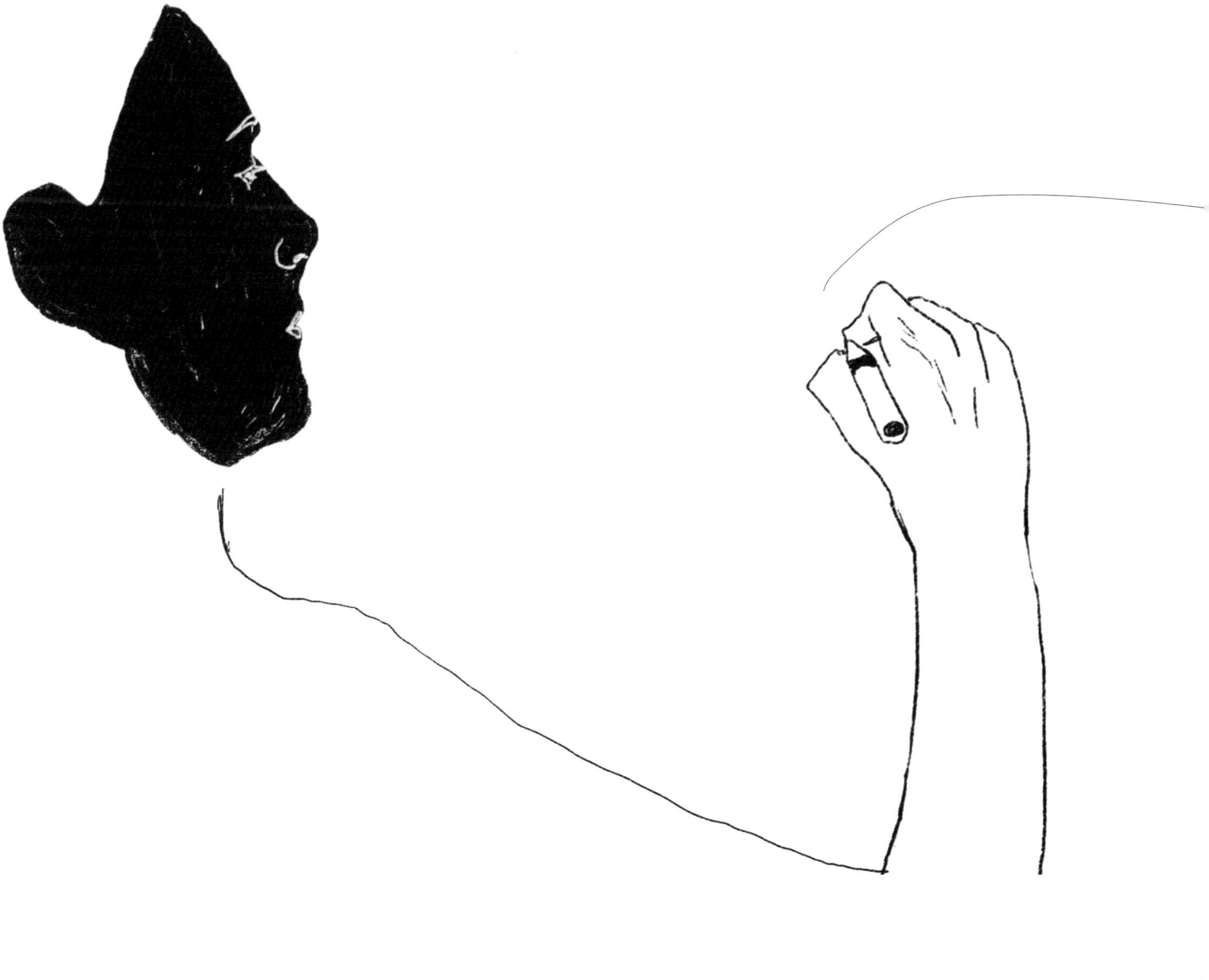

討海到護鯨？

〈黑與白——虎鯨〉、〈鬼頭刀〉

廖鴻基／文

〈鬼頭刀〉（選自《討海人》，1996），〈黑與白——虎鯨〉（選自《鯨生鯨世》，1997），是拙著中最常被選為高中國文課本的兩篇文章。

相隔一年出版的這兩篇文章，都是以海洋生物為主題的書寫。若以海洋食物鏈角度來看，這兩種生物的最大差別：鬼頭刀是魚類，虎鯨是鯨類。虎鯨是海洋哺乳動物，屬於殺手級沒有天敵的海洋食物鏈頂層獵者。鬼頭刀則是大洋浮游性魚類，生態位階屬中層獵者。這裡分別的食物鏈高低，只是宿命差異，所有生命都有其生態價值，食物鏈位階高低，並無高低貴賤之別。另外，個人於一九九六年，以過去捕魚的漁船在花蓮海域從事鯨豚生態觀察與紀錄，從討海人身份轉而為生態觀察者。

「魚／鯨」加上「討海者／觀察者」，產生書寫者與書寫對象位置的雙重變化，對我而言，只是工作內容不同，只是生活方式不同而已。然而有文學評論者提出，以「討海→觀鯨→護鯨」來評論這些轉變於文學、於寫作者的意義。也有不少學校國文老師，將這樣的身分改變，說成是衝突、矛盾，表示無法理解或好奇之間的轉折歷程。

我不是太喜歡如此充滿價值判斷的評論或疑問，不喜歡的理由其實很簡單，這樣的論點，某種程度將討海（漁撈）行為貶抑為是低下而不當的，而又把觀鯨行為頌揚為是高尚而神聖的。

漁獵是人類天性，人類生而為擅長使用工具的獵人或漁人，何況人類向海發展，源自於從潮間帶而沿海而近海而遠洋，逐步擴張的採捕行為。漁獵無罪，漁獵並非低下的行為。漁獵本身沒問題，不當的漁獵（濫捕濫採）才是問題癥結。一位好漁人，必然懂得畏天敬神，他們曉得，自己只是謙卑的跟大自然討取生活所需。有智慧的漁人，不會毀掉自己的根基，他們懂得為自己留些底，留下可以讓自己繼續是個漁（獵）人的價值。好比大自然的平衡狀態，海豚絕不至於吃光所有的魚讓自己沒魚可吃而走上滅絕的命運。

因此，有個說法：一個好漁（獵）人，一定是個好的生態保育者。

關於「觀察者或保護者，這裡先合併並調整為「生態保育關懷者」。無論環境或生態領域，個人一直不太喜歡「保護者」這個詞。簡單說，對於環境或生態，我們的能力頂多就是減少破壞，頂多就是進一步關懷而已，事實上，渺小又有限的我們，根本沒任何能耐來保護浩瀚宏偉的大自然。而且，保護本身具有 以上對下 的意涵，談保護，有點高高在上且自不量力的味道。

成為漁人以前，個人就喜歡觀察自然生態，也曾積極參與環境運動，當討海人那些年，我的生態保育或環境關懷意識並沒有因討海行為而消失，後來從事鯨豚生態

廖鴻基

一九五七年生於花蓮。三十五歲成職業討海人，一九九八年發起黑潮海洋文教基金會，致力台灣海洋環境工作。曾獲賴和文學獎等多項大獎，著有《討海人》、《鯨生鯨世》、《漏網新魚》等，最新作品爲散文集《大島小島》。其書寫取材廣闊與描繪幽深，自成一格。

觀察，也不曾排斥漁撈行為。我所指責的，從來都是不當的漁撈行為以及消費者不當的海鮮消費行為。

無論如何，個人並沒有如評論者或一般以為的——升級改變。（想想，一個人怎麼可能在短短時間裡在意識形態上從　討海→觀鯨→護鯨　如此驟然如頓悟般的改變。）

人類生而為生態消費者，只要存在，只要生活，無可避免的都將耗用生態資源。倘若合理取用，將可儘量減少非再生資源的耗損，並讓可再生資源長期繼續使用。鬼頭刀除了提供我漁撈收穫（腸胃養分）之外，當我對該魚的生態行為作觀察，並將這些感受與感動寫成文章，這時，鬼頭刀也提供給我科學、哲學與藝文的養分。從〈鬼頭刀〉這篇文章的完成，不難看出，鬼頭刀跟我的生命已經有了深刻多元的交集。而這時，我的身分仍是討海人。

這是我的生活紀錄，當漁夫時，紀錄漁撈生活，隔年，當我轉而從事鯨豚生態觀察，所書寫記錄的，當然就是鯨豚生態以及海上觀察工作等。重點是，我還是我，無論捕魚或生態觀察，兩樣都是我喜歡的海上工作，而且兩樣我都引以為榮。

鬼頭刀是多情的魚種，經常配對成雙，緊緊相伴。若換個角度看，當牠獵殺飛魚時，如一把速捷快刀，根本是凶殘無比的飛魚殺手。虎鯨當過電影明星，黑白分明，與船隻互動時姿態從容大方，頗具王者之尊。若是看過牠們在海上獵海豚、虐海獅及攻擊大鯨寶寶的獵食行為，相信很多人會轉而指責牠們陰狠兇殘。老天給各種生命不同位置，每個位置各有不同面相，也各有不同標準的好與不好。好比各行各業，無論如何我們共同呈現了整體社會價值。好比大海中，有鯨、有魚、有討海人、有航海人、有研究者……完全沒有高貴低賤之別。

「討海，觀鯨」之後，推出賞鯨活動，將賞鯨船當成台灣難得直接推到海上的海洋教室，寓教於樂目的下成為賞鯨船解說員，隨後，成立黑潮海洋文教基金會，持續關懷海洋環境、海洋生態與海洋文化，這些年來執行了包括漁業觀察的各種海洋計畫。近二十年來，關於海洋的種種作為，一步一階，感悟海洋給予海島、給予個人如此巨大的養分與機會，對於海洋或海島的所作所為，包括海洋書寫，這些，不過是對海的情義回饋而已。

曾經的曾經

〈第九味〉

徐國能／文

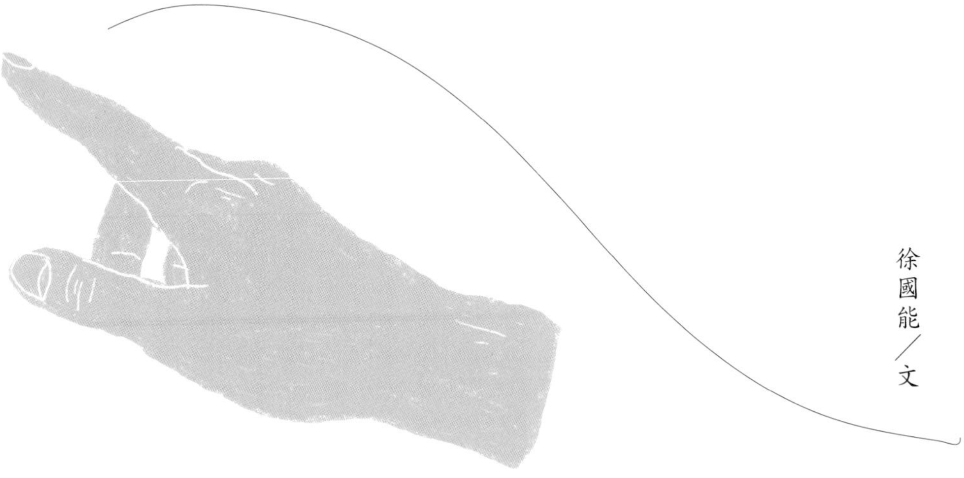

夏日的時光看似漫長，實則短促，在窗邊偶然凝視綠岑岑的樹上飛鳥來回、偶然辨認不知何處傳來隱約的悠悠琴韻、偶然在燠熱的風裡沉浸在回憶中，連書頁都還沒有翻過，茶便緩緩涼去，一個上午也就沉落在細瑣的思緒中而終於無聲消逝了。我並不驚訝時光的飛逝，只是感嘆事業之無成。年華耽美，好夢不驚，世界自有安頓每一個渺小人類的法則，我們蜷曲在這無可置辯的歡喜悲哀，然後老去，像枯黃的落葉始終懷念新綠，像一則漫長的故事之尾，忽然有意追索那很久很久以前的開始。

我時常被迫想起往日，那個惶惶終日而無可安居的自己。

我從小就接收到一種資訊：寫作。

寫作是一件很偉大的，真正值得去做的事；在我的家庭中稱之為「文筆」，生活四周一直存在著這種氣氛或暗示：在漫長的一生裡，當你閱讀、遊歷、成功或者失敗，其根本都是在為某一次的寫作做準備，彷佛一定要寫一點甚麼出來，否則人生就是白活；或者反過來說，即使你一無所有，但是你能在一張白紙上寫下些甚麼，能感動或啓發任何一個人，如此人生便不再徒然。我不知道這樣的觀念是怎麼來的，但它就是存在我的周邊。在資源相當匱缺的年代，家裡最多的東西就是書，而成長中花了最多的時間做的事，就是看書。「鍛鍊文筆」貫穿所有生活，元宵要猜燈謎、中秋要背唐詩，旅遊遇到寺廟必定要看看他的楹聯，那些書畫展覽上寫的字句回家後必然有一番討論，我甚至還收集了一套唐詩宋詞元曲的郵票，這一切，都是為了培養寫作而產生的活動，我的父母對於寫作一事的崇慕，我現在想來幾乎近於宗教。

雖然我也做了一些努力，例如拿個小本子抄錄一些偶然見到的詩詞或對聯，把握機會就背下一些成語故事，但我的作文成績始終很糟糕，父親為此擔憂，不僅狠心買了一大套中央日報集結報上方塊文章的小冊子，要小學的我好好學習裡面忠黨愛國的文筆；後來還添購了某老師出版的作文指導，裡面包含了學生的作品和老師嚴厲的批改，可惜這些我都沒有學會，至今唯一記得的是最後一篇類似小說的作品：一個女學生和國文老師戀愛，去烏來喝了高粱酒而終於失身的故事，那故事我反覆一讀再讀而成為夢魘，日後看到國文老師或是高粱酒，都會讓我想到她——那個終於明白自己被騙卻無言以對的嬌怯女生。

中學以後我的寫作更是糟糕，完全不得要領，高中聯考作文有八十分，是兵家必爭之地。我們的導師就是國文老師，她發明了一種奇特的寫作法，班上有一位同學，無論寫甚麼題目都套用那固定的幾句話，老師非常讚許他的機智，要大家學一學。這套辦法目前在補教界相當

徐國能

一九七三年生於台北市，東海大學畢業，台灣師大文學博士，現任職於台灣師大國文系。曾獲聯合報文學獎、時報文學獎、教育部文藝創作獎、台灣文學獎、全國學生文學獎、全國大專學生文學獎、聯合報讀書人最佳書獎等。著有散文集《第九味》、《煮字爲藥》、《綠櫻桃》、《詩人不在，去抽菸了》、《寫在課本留白處》等。

流行，就是背幾段範文套用在所有題目上，這不僅教壞作文，連人品也教壞了，實在可嘆。惟我那時愛上現代詩，我偏要寫些似通不通的句子在作文裡，「文不對題」、「不知所云」是我最常遇到的評語。某日《北市青年》刊登了我的現代詩作，同學老師傳來傳去都說看不懂我在寫甚麼，最後，老師叫我去面談，很認真地勸我不要浪費時間再去寫這些風花雪月的東西，要好好上進做人。可惜我當時愚魯，不聽教誨，聯考落榜後只好去念辭修高中，卻不知冥冥之中卻開啓了我一生契機。

我第一次獲得文學獎就在高一，校刊社辦了一個「金穗獎」，我得到新詩第一名，備受稱譽，我這才明白寫作與成名這件事原來有關，爾後數年我便一直追逐著獎項，被聲名與獎金所誘惑，而幾乎忘了自己為何要寫作，又到底要寫些甚麼。尤其有了一些經驗，大致可以在題材、技巧上取悅評審，怎麼寫容易得獎漸成一種會心，恍然「文筆」之意原來如此。

但有一日我卻感到茫然，那時我碩士畢業了，在博士班研讀古典文學，重新閱讀在過去只感其文字之趣的作品，我深深發現其藝術的輝光來自於心靈苦旅而結晶出的蒼涼悲憫、慷慨寂寥，即便是宴會酬酢的短詩、贈別即興的樂章，也有一種我永遠不能觸及的覺悟與深情，於是我想毀棄我過去所有的作品及寫作意識，世間何必多我一篇贅詞來汙染文化呢？

可我受到薰習太深，生活中微小的舉動、偶然的言語，都逼使我往寫作之路聯想與發展，寫或不寫當時都是非常煩惱的。有一天回憶起了童年的點點滴滴，忽然想起父母從小對我文筆的鍛鍊，我想寫一件成長小事來回報他們一生的付出，證明他們的努力並不虛無，同時也作為我寫作的結束。

現在我去中學演講，經常被問起兩個問題：一、文章中為何如此老成？二、「第九味」是什麼？

我想我這裡的絮語就是勉強回答這兩個無可回答的問題。

我曾經是一個做過文學夢的孩子，我想抄錄一段經典文獻，作為我這篇囈語的結束：「昔者莊周夢為胡蝶，栩栩然胡蝶也，自喻適志與，不知周也。俄然覺，則蘧蘧然周也。不知周之夢為胡蝶與，胡蝶之夢為周與？」

年輪
〈芝麻開門〉、〈垂釣睡眠〉

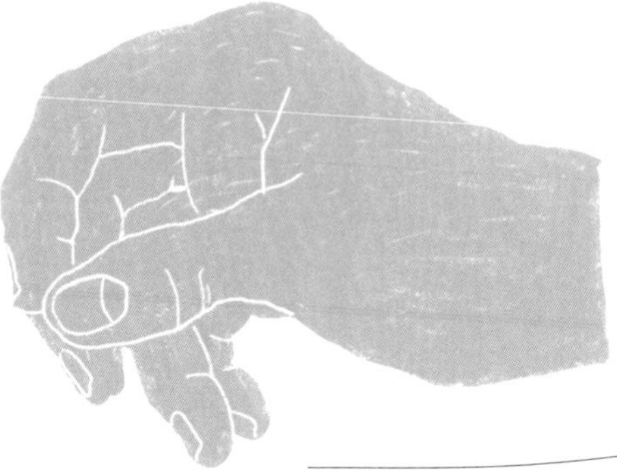

鍾怡雯／文

為了寫這篇文章，重讀舊作。先後收入翰林版高中國文課本的〈芝麻開門〉（一九九九年）和〈垂釣睡眠〉（一九九七年）已經是上個世紀的事，屬於我的上古史了。今年讀〈垂釣睡眠〉的高中生，說不定還比這篇散文年輕。我竟然也到了白頭宮女憶當年的年紀了。其實，我很少重讀自己的散文。翻出舊版的《垂釣睡眠》找〈芝麻開門〉，沒找著，才發現它原來收入《聽說》。只能說，我跟自己的散文不熟。常常發現別人對我的散文比我自己還要清楚，這是好事，對吧？應該開心才是。

快速翻一下，屬於它們的時代和記憶立刻奔來。

新店山城那間租來的三樓老公寓，一個月七千五。公寓樓下是江家，房子是他們親戚的，江先生代收租。江太太氣管開過刀，講話虛虛軟軟的沒有底氣，講快講久了會喘，我們都不敢跟她長聊。江家兒子唸高職的樣子，我們叫他小魚兒，又叫江小魚，對電腦很感興趣。那時我的寫作剛進入電腦時代，還在科技和手工之間擺盪。草稿以及幾次改稿一定要手寫，第一稿是鉛筆，再分別用藍色黑色以及紅色各改一次才打字，打完字再改。論文一開始就用電腦，不像散文需要筆與紙的摩擦。手寫有減速的作用，流出來的思緒遇到阻力得停一下，慢一點文字密度大一些，那時寫散文像寫詩。

九〇年代的軟體沒那麼親民，電腦也經常出問題，小魚兒常在我家進出對付常出狀況的電腦。他一來，兩隻沒見過世面的膽小貓一溜煙衝進紙箱躲。小魚兒覺得貓很好玩，想養，江太太怎麼都不肯。那時我在社區擁有一整隊的貓，每天吃完罐頭跟著散步，有幾隻固定跟到家門口，關上門那刻，牠們充滿問號的眼神令人難忘。江小魚如果真想養貓，還真是不缺。至於貓肯不肯呢，就不知道了。有得吃又自由，打架叫春人都管不著，換成我是那些逍遙的貓，絕對不。

印象中小魚兒技術不怎麼好，有興趣跟行不行畢竟是兩碼事。後來我們跟山下開店的駱小姐從主僱變成朋友，電腦的事全交給她。直到搬來中壢，我們的電腦還找她買，攝影器材也是。電腦有什麼狀況，電話打去問就是。她是文學愛好者，讀副刊讀文學。十年前或更久，她帶孩子去內灣看螢火蟲特地繞來我家，放話帶小鬼來搞破壞。前些時候把她店收了，手機時代來臨，電腦生意做不下去。後中年失業最悲慘了，沒那家公司行號要聘這個尷尬的年紀，不上不下的，看來只有回家吃自己。我也有些失落。電腦的功能幾乎被手機取代，一個屬於我們的時代快要轉過身去的感覺。

鍾怡雯

元智大學中語系教授。著有散文集《河宴》、《垂釣睡眠》、《聽說》、《我和我豢養的宇宙》、《飄浮書房》、《野半島》、《陽光如此明媚》、《鍾怡雯精選集》《麻雀樹》；論文集《莫言小說：「歷史」的重構》、《亞洲華文散文的中國圖象》、《無盡的追尋：當代散文的詮釋與批評》、《靈魂的經緯度：馬華散文的雨林和心靈圖景》、《內斂的抒情：華文文學論評》、《馬華文學史與浪漫傳統》、《經典的誤讀與定位：華文文學專題研究》；翻譯《我相信我能飛》；並主編多種選集。

〈垂釣睡眠〉的定稿大概是第一台老筆記型敲出來的。一位朋友說我這時期的散文如有鬼助。這我不否認。通往社區的半山腰都是墳，我在垂釣睡眠時，衆生想必四處遊走，說不定整本《垂釣睡眠》都是衆生陪伴下完成。山上的社區大住戶多，估計數百戶，可是來往台北的公車隔一兩個小時才一班。早餐店麵攤菜肉攤是有的，選擇不多就是。地下街還有一間雜貨店，7-11是最後兩年才開的吧，平時採買生活物資和食物得特地下山。我多半在雜誌社下班後，拎著大包小包，沿和平東路走到台電大樓站等開往社區的專用公車。一路站回去常有的事。那時捷運在動工，我沒享受到它的便利，塞車之苦倒是吃了不少。回到山上，整個世界都安靜下來。那是我的極簡生活時代，物資匱乏，剛開始連台電視都沒有。老想著要寄錢回家，常常頭痛。山上那五年是我的公車時代，直到來中壢前四個月才買車子。

寫〈芝麻開門〉時已在中壢，用桌上型電腦，應該都是駱小姐的貨。這時已經不再用筆起稿，開始習慣敲鍵盤。手工時代結束，筆記本不再塗滿成篇的散文，而是偶發的感想，零碎的記錄。〈芝麻開門〉的背景配樂是嗩吶，在中壢工業區的房子離第二殯儀館不遠，送葬隊伍吹吹打打從社區路過。租房子的經驗像冒險，永遠料不到會有什麼意外或驚奇在房子裡等著。第一次在新店看房子最驚悚，推門竟然看到遺照，嚴厲的表情嚇得我一口氣從鼻子倒灌。中壢的房子看來很新生活機能不錯，完全沒想到一公哩外有殯儀館。

中壢第一年，什麼都亂糟糟的，我對這個地方嚴重適應不良。在元智專任時二十八歲，課多事雜，同時寫博士論文，〈芝麻開門〉看起來竟然不慌不忙，我也很詫異。這時我的一隻腳還留在《垂釣睡眠》階段，另外一隻，已經進入人聲混雜的教書生活，〈垂釣睡眠〉那種不食人間煙火的純粹時代，終於要成為過去。

剛教書那幾年，幾乎是以學校為重心在過日子。它徹底改變我的生活節奏和生活方式，〈芝麻開門〉打開人間煙火的大門，如今再怎麼失眠，我也沒辦法再回到二十七歲時的〈垂釣睡眠〉。這樣很好。作品自然有它發生的時代。那是一種心境和精神狀態，對生活的獨特感受和理解，曲折複雜的落到文字裡。年輪記錄樹木的歷史，說明日照和雨水，甚至濕度、空氣品質和土壤條件。作品則是作者的年輪，它記錄了作者，也幽微的記錄了作者跟他的時代。

第三課

國文課的意義是——

資深作家談課堂觀點、新世代小說家犀利對談，翻新國文課堂的思考幅度

向陽

吳岱穎

陳銘磻

張經宏

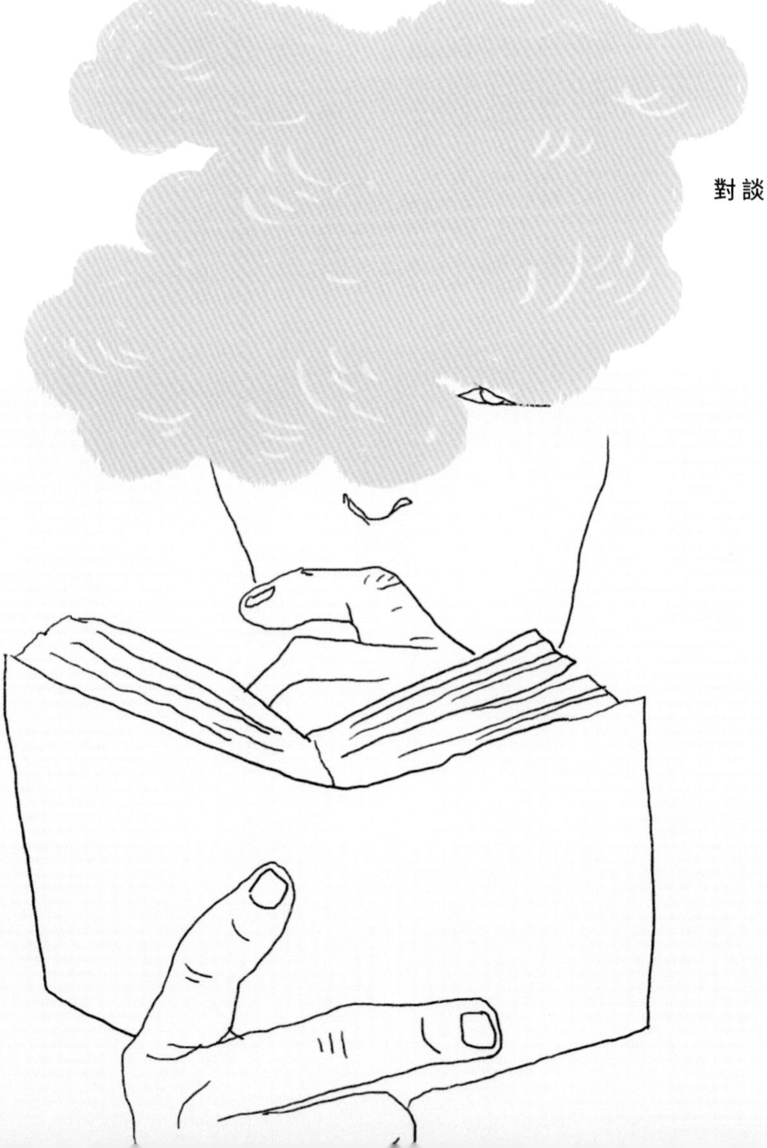

對談・朱宥勳X李奕樵X黃崇凱

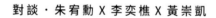

國文課的意義是以高中生的需要編選國文課本

向陽／文

寫這篇文章之際，台灣的高中學生正頂著豔陽在教育部前抗議黑箱課綱的諸多問題；我自己也在臉書上貼文為他們加油。新課綱的爭議，之所以會引發高中學生的強烈不滿，在我來看主要是圍繞在歷史課綱制定過程的三個問題：

1　課綱委員：缺乏專業史識與學科訓練。

2　課綱程序：有違公開透明與程序正義。

3　課綱內容：不符歷史真實與社會現實。

這雖然是歷史課綱部分的問題，實際上教育部新制定的課綱在理路上、程序上和心態上是一致的，歷史課綱顯現了超乎常態和社會認知的「去台灣」史觀，在公民和國文課綱中，一樣也存在著同樣的邏輯。

公民課綱微調後，已將「白色恐怖」、「良心犯」和「德國納粹」的舉例都刪除了；將原課綱强調的「多元文化」改為「深厚的中國文化傳統，但亦融入多元文化的特色」；將「描述我國人民對於國家認同的不同看法」改為「陳述我國憲法的立國精神與宗旨」等，都可看出教育部有意去除此際台灣多元文化與國家認同分歧的真實現狀，轉向以「深厚的中國文化傳統」、「憲法的立國精神與宗旨」為中心的傳統的、霸權的一元論述。這與歷史課綱的問題並無兩樣。

而國文課綱呢？小說家朱宥勳在〈除了歷史和公民，你知道國文課綱也被調了嗎？〉這篇文章中舉出五處調整，分析得相當透徹。我簡要地加以歸納如下：首先，新課綱文言文比例訂為45％到65％（舊課綱多是45％、50％、55％；最低是35％、40％、45％），新課綱文言文比例明顯偏高。其次，新課綱新增「中華文化基本教材」（限定每學期一學分，共四學分），使高中國文文言文比例幾乎衝破70％。第三，高中國文以「培養本國語文聽說讀寫的能力」為目的，新課綱將舊課綱所列「核心能力指標」全數刪除；此外舊課綱規定「選文應語言曉暢、具文學性，並顧及當代議題（如：海洋文化、性別平等、人權法治、生命教育、環保教育、永續發展、多元文化等議題）。」，新課綱也全部刪除。這意味著，一如朱宥勳所說：「舊課綱本來就沒有很進步，而少數幾個進步的地方（較高的白話文保障名額、較自由的選修設計、對當代議題的重視），通通被新課綱打掉了」，「一覺醒來就回到了戒嚴時代」。

如此落後的、封建的而又保守的，以黑箱作業蠻横通過的新課綱，難怪會引發全國高中生的强烈反彈。這樣的課綱，被落實到一綱多本的課本當中，正等著公布上路，進入高中校園。二十一世紀全球化下的台灣，居然不進反退，就要重返十九世紀末的鬼魅年代。這才是教育部强推黑箱課綱最最可議之處！這是一個沒有當代、沒有台灣、沒有多元思維的課綱，强推這樣的課綱，强要二十一世紀的台灣學生吞食，「教育」兩字豈是要反過來寫了嗎？

國語文教育的基本目的，在培養國家公民具備基本的語文使用、文學欣賞和文化認知能力，而非意識形態或政治教育。準此，課綱的制定就必須「去政治化」，國語文教育不應被任何政黨干預，也不宜配合國家政策，更沒有必要獨尊某一種文化、思想或潮流，只要單單純純地，讓一個高中畢業生能夠流利地使用當代語文，完整地表達內心的意思，與他人充分地溝通，並且具備閱讀文學、欣賞多元文化的基本能力，就已足夠。能聽、能說、能讀、能寫本國語文，應該是高中國文課的教育目標。那些不切實際且實際上也不能在課堂上講授清楚的，等學生進入大學之後再自主選擇就可以了。

因此，理想的高中國文課，應該打破目前白話文和文言文比例上的硬性配置，不再糾結於白話多少、文言多少的刻板思維中，而是從高一到高三，循序引領學生進入國語文繁華盛開的世界，培養他們的興趣、開發他們的想像、厚植他們的語文應用能力。

在這樣的思維下，由簡易入於艱難、由當代入於傳統、由本土及於全球、由實用及於鑑賞，應是高中國文課文選編的四大準則，從高一到高三，較具簡易性、當代性、本土性、實用性的選文排在高一、高二；較具艱難性、傳統性、全球性、鑑賞性者排在高三。循序漸進，不偏不廢，如此足矣。

我讀高中時的國文課，只有一種課本，由國立編譯館統一供給，課本上載明「體認中華文化，建立民族自信，喚起民族意識，配合國家政策」，文言文90%以上，白話文也有，除了胡適、朱自清之外，還有兩蔣總統的文章——那樣的年代是威權的年代，伴隨著白色恐怖統治，也伴隨著報禁、戒嚴和民主、自由與人權的遭到踐踏。那樣的年代早過去了，我很難想像那個年代的國文課本，如今借屍還魂，還要進入二十一世紀台灣的高中國文課堂之中，再次荼毒台灣年輕學子的純潔心靈。

傾聽高中學生的吶喊吧，他們才是教育的主體，正值青春時期的他們，最需要的是能幫助他們嫻熟語文運用，讓他們順暢使用國語文，表達自我，與人溝通的課本。以他們的迫切需要訂定課綱，才能讓國文課具有活力，才能讓他們在國文課堂上接近當代的、生活的、具有想像與創造空間的語文情境，而成為一個現代社會中自主的人。

向陽

本名林淇瀁，一九五五年生，南投人。美國愛荷華大學「國際寫作計劃」邀訪作家、榮譽作家，文化大學新聞所碩士，國立政治大學新聞系博士。曾任「自立報系」副刊主編、總編輯、總主筆、副社長。現任國立台北教育大學台文所教授兼圖書館館長、財團法人吳三連獎基金會秘書長。曾獲吳濁流新詩獎、國家文藝獎、玉山文學獎文學貢獻獎等多種。出版論著《書寫與拼圖——台灣文學傳播現象研究》、《浮世星空新故鄉——台灣文學傳播議題析論》，詩集《十行集》、《日與月相推》、《跨世紀傾斜》、《向陽詩選》、《我的夢夢見我在夢中作夢》，散文《月光冷冷地流過》、《旅人的夢：散文精選集》、《臉書帖》等多種，並主編多種詩選與文選。

奢靡的實踐

吳岱穎／文

典禮未竟，煙花已歇，學生組成的樂團在眾人漲溢難洩的情緒中上台，演唱自行創作的畢業歌曲。樂音轟然，上下歡然，彷彿今夜沒有離愁別恨，而明日天涯早不是遠隔山川的事情了，則此刻一片歡慶，似乎也就找到了理由。

只是我知道，青春終留殘響，回首徒餘惘然。

悄悄離開操場，穿過硝磺嗆鼻的樓階廊道，我回到黑魆魆空無一人的教室，準備給學生的最後陳詞。這是一段魔術般的時光，留影為蝕，留聲成刻，無論再怎麼平凡的話語，也會在記憶中凝結固化，金剛不壞。但我無法像世俗所習慣的那樣，用空洞的美好祝願來結束這個夜晚，我只能說出我在自己荒逸漫誕的人生中，所歷練淘澄出的一點心得。

這就是我在每一堂國文課所做的事，而今晚，是最後一次。我但願這些話語能真正落入他們心中如同麥種，在時間裡繁衍增長成一生的食糧，那麼我便不會只是個學歷的掮客、販賣知識的商人，而能真正實踐啓迪與引導的使命。我必須相信，我必須這麼相信。

我想起接任他們導師的第一堂課，台下的少年青春躁動，卡其色招牌制服包覆的靈魂透顯著不安與疑懼。他們的方向看似已經決定，但未來仍不明朗，接下來的兩年乃是心靈成長的關鍵時期，只是他們對此並沒有清楚的概念。我不急著講述課文，也不像某些精通帶班之道的老師那樣，利用此時申明課堂的種種規矩。我知道兩點之間最短的距離並非直線，他們心中的象限與維度絕不是憑直覺揣度便能理解，比起盲目的前進，弄清楚自己所存在的狀態顯得更加優先。因此在這第一堂課，我選擇扮演靈媒與巫祝，以近乎降靈的語調說出我的預言：

「這是一趟改變自我的旅程，看似平淡無奇，卻潛藏著難以預料的風險。在過去的一年中，你們初步認識了知識世界的大致樣貌，也瞭解了這個學習環境的特異之處。但你們所不知道的事情是，這世界的存在既是一元的，同時也是二元與多元的。它既統一又矛盾，相沖相剋卻又相輔相成，以人類有限的智慧是無法全然理解的。也因此，我們至今所發展起來的一切關於世界的解釋，全都是片面而不完整的，由此便生出了諸般衝突疑惑……

「在接下來的兩年裡，你們將會經歷更加劇烈的衝突與變化。學業的成就與挫折，親子關係的深化與矛盾，人際的繫聯所產生的協調與衝撞，甚至是情愛所帶來的喜悅與悲傷，這些會一一發生在你們的生命裡，無可逃躲。它們是人生真實的無明煩苦，不能靠知識克服，無法交付由他人代為解決，唯有從經驗中提煉出智慧，才能在出入之間獲得超越的澄澈……

「能夠陪你們走過這段旅程的不是我，而是文學。

文學提供了大量的經驗，那是一條窺知他人心靈祕境的道路，路上所見一切風景，都是給我們這有限人生的重要提示。人世所有的離合悲歡、喜怒怨懟，在文學的舞台上不知上演了多少回。它將不可見的一一呈現，將被忽略的標記重點，讓人看見黑暗中的微光，聽見幽闃裡的回聲。它是映照自我的明鏡，啓發我們的反省與思辨；它更是與世界溝通的媒介，教導我們傾聽與表述……

「經典不是教條，因為道不遠人，古今無別。奉隅見為圭臬，眼中只有當代，此謂見樹而不見林，徒然使心靈受限。執兩而用中，一心可開二門，怕的是褊狹自持，偏懷多恨，淺薄受蔽，而不知道問題的所在。浮脫飛揚，無所用心，心不知所止，自然不得安穩。這不是自由，更不是逍遙。學問之道無他，求其放心而已……」

我知道他們能懂得的只有微毫，但我並不在乎這個。所謂的老師並不能只教學生「懂得」，那樣的教學是屬於補習班的。不求立本，唯知逐末，豈能算是人師？我的國文課有時如宣道的講堂，試圖喚回那些即將消逝在這暴亂時代中的信仰，有時它更像是祕教的祭儀，只為了傳遞我詩性的世界觀。但時間不夠，真的不夠，即使這裡是建國中學，我的所作所為仍然是過於奢靡的實踐。

曲終人散，我手裡握著成疊的畢業證書，而夜晚已深，不容我傾盡一生。看著他們陸續回到教室的身影，我心下惻惻，一時之間，竟不知道該說些什麼。

吳岱穎

台灣省花蓮縣人，師大國文系畢業。曾獲林榮三文學獎新詩首獎、時報文學獎新詩首獎、國軍文藝金像獎小說首獎、教育部文藝創作獎散文首獎，及花蓮文學獎、後山文學獎、全國學生文學獎等。曾獲全國語文競賽中學教師組作文第一名、朗讀第一名。現任教於台北市立建國中學。著有個人詩集《冬之光》、《明朗》，散文《找一個解釋》、《更好的生活》（合著），編有《青春散文選》、《生活的證據：國民新詩讀本》（合編）等。

最不愛國語文

陳銘磻／文

屬於「教室翻轉」的創意學習年代，誰規定只能體育課到操場？公民課、國文課一樣可以離開教室，走向戶外，談民主、講小說。教室與黑板不會是教學唯一場域。六〇年代，畫家李仲生選擇在咖啡館跟學生說美術、教繪畫；新竹縣尖石鄉偏遠部落的新光國小，九〇年代已於杉木林設置「大自然教室」，倡行把學習知識的場所移到森林。

教室的立意，不過用於遮雨避風，僅做教學和學習空間，與獲取知識或智慧無絕對關聯。如果教室是在一片青青草原上，是在汪洋大海上，是在迪化街上，是不是更能激發強烈的學習欲望？

日本一位小學教師，為讓學生認識郵務士辛勞的送信過程，特意安排學生寫信、在信封上清楚標記受信人和寄信人地址後，帶隊前往郵便局買郵票、投擲信箱，隨之觀察郵務士收信、送件到處理中心，分類、分區、蓋郵戳，再跟隨另一區郵務士，親睹信件送抵受信人信箱的繁複歷程，學生終焉明白信件傳遞的來龍去脈。這是人文教學一例。

「教室翻轉」概念是戶外教學的初衷，然，受限於當前傳統制式「守規矩」的養成教育，台灣各級學校實在難以全面施行這個理想。就說國語文課吧，教師習慣用黑板指導學生習字、筆劃順序、組字串詞，以及如何造句。至於怎麼運用文字寫出自己的生平經歷、生活經驗，或是，敘述他人的故事、描繪生活狀態，一樣「循循莫不有規矩，不敢放言高論。」

規矩，釋義為法度、禮法、調教、行為端正老實。清代曹雪芹大著《紅樓夢》也說：「倘或親友知道了，豈不笑話咱們這樣的人家，連個王法規矩都沒有。」規矩引導做人行事端正，卻也限制約束了創造新思維、新意向的可能性。

如果國語文課教室換到戶外，是否違反規矩？是否學生就意會不出李白〈靜思夜〉「床前明月光，疑是地上霜。舉頭望明月，低頭思故鄉。」詩句中，作者當時究竟是坐在屋外椅子上望明月？還是躺在胡床上看明月？

這是教師研習的課題。

可對於學子來說，教師專職盡責指導學生認識文字之外，更需打破制式課綱「準則」，也即是，在奠基儒家思想為主軸的國文課程，那些囊括以勵志、向上為核心的教材，除了朱自清的〈背影〉，難道就沒其他當代描寫父親的作品可當範本？除了必修的《老殘遊記》，就沒任何吻合新世紀的旅遊文學？除了夏丏尊的〈白馬湖之冬〉，就沒別的描寫台灣冬天的作品好讀了嗎？由是，身為國語文教師，必得費心增添學生翻轉語文學習的方式與範圍。

多年來，千篇一律著眼「文以載道」的國文科選文，刻板有之，不書新意，使人食而無味，如小說家張耀仁所言：「國文課本充滿了言不由衷、八股造作、大男人主義的作品，也難怪不管怎麼『課綱微調』，不管白話文比例調得多高，學生就是不愛國文，因為沒有創造力的作品也就是蒼白無力的喃喃自語，誰要聽一位作者在那裡碎碎唸著早已不合時宜的辭句？」

放眼當前各級國文科選文，雖則文采華麗，箇中微渺，僅可意會、想像，疑惑者多，造成學生練筆寫作，多數朝不著邊際、一片胡言，甚且怎生奈何的方向思量。

如此一想，當大人們紛紛議論現代小孩語文能力低落時，不禁要問，哪一個年代的小孩，語文能力普遍好過？學生語文能力低落跟教學態度不無關係，以作文教學來說，教師大都仿照傳統，習慣以論說、抒情、記敘、應用等「文類」指導學生，再按命題「起承轉合」寫作。如此僵化、老套、八股的教學方式，難怪學生語文能力好不到哪裡去！

語文教學瀚海無邊，不出閱讀、說話、文字、成語、諺語、方言等，其中，作文教學列為最重要項目，因為，作文是語文實力的終極表現，是集語文能力之大成。

國文科「教室翻轉」的作用，在於如何讓學生透過無窮變化的語文，掌握作文要素，以文學之姿，寫下有溫度、可以感動人心的作品。因此，寫作之前，教師需先自我訓練，揮灑寫作魅力，協助學生對文字產生好感，進而喜歡它。

試問，一個不閱讀，不懂文學，從不嘗試寫作，連自傳簡歷都文言白話講不清楚的國語文教書匠，如何教學生寫出好作文？

文字創造的最初不就是筆劃、圖騰，以及想像的組合嗎？假使國語文教學的結果，無法讓學生反芻寫出好文，便是想像力受限，甚或對文字無感造成的效應，這就莫怪學生千篇一律「雖然」、「因為」，不然就是「累歪了」、「餓死了」這種毫無文字知識的頹壞用語。

讓國語文課離開教室吧！到樹蔭下天南海北暢談蔡素芬的《鹽田兒女》、芥川龍之介的《地獄變》，或到操場邊，把春夏秋冬象徵的生命意義漫漫說出來、談開來，國語文是不是更能討得學生歡喜？

教授國語文，好比文學寫作那樣，既講究優美敘情，又需陳述觀點，更可「青鷺脈脈西飛去，海闊天空不知處」的揮動想像，再用靈巧文字淋漓盡致書寫剔透。正是這樣，一旦學生對語文有了感覺，有了反應，作文能力便可旺盛起來。

陳銘磻

曾任國小教師、廣播節目主持人、電視節目主持人、電影編劇、雜誌社總編輯、出版社發行人，現任補習班國中作文老師。曾獲中國時報第一屆報導文學優等獎。著有：《跟著谷崎潤一郎遊京阪神》、《跟著坂本龍馬晃九州》、《跟著芥川龍之介訪羅生門》、《片段作文：用對方法，作文從此海闊天空》等百部。

國文課是——？

張經宏／文

我也曾為了**這個**認真地想了好幾年呀，當我還是個老師的時候。

話說某年的某星期一早上講到荀子，我提及歷史上有一種人，他們一輩子多在跟菁英、掌權者對話，周旋幾個大國之間，趙齊秦楚。可能是假日拓延過來的倦怠，頭腦混沌的我舉了一個怪例，「就像比爾蓋茲，各地菁英想跟他吃頓飯還得抽籤領號碼牌。他若來台灣演講，只會選國際會議中心或台大體育館，絕不會來我們這種鄉下地方。」

我本來想再講一點李斯早年的志向。這人當小吏時瞧見米倉上的肥老鼠，興起「人之賢不肖譬如鼠矣，在所自處耳！」之嘆，想必荀老師到處受人推崇的模樣，他也看在眼裡吧。

「老師，」底下一個學生問：「幹嘛請皮卡丘來台灣演講？」

喔，同學請原諒我，我把比爾蓋茲講成皮卡丘啦。「皮卡丘的卡通好看嗎？」趕緊扯到別處：「聽說牠是從神社的守護神得來的靈感，本來是隻狐狸。」

「什麼？」全班這下醒來：「牠是老鼠！」

學生們告訴我，皮卡丘、哈姆太郎都是老鼠，「老師該不會連hello kitty、多啦A夢是貓都搞不清楚吧。」（我一直以為多啦A夢是老鼠），我顧左看右地：「你看日本多有創意，光老鼠就生出那麼多部卡通，你們可以想想，我們有甚麼能變成大家喜歡的故事？石頭公？烏龜精？」

說到烏龜精，台灣民間尚有一說，蔣介石是烏龜精轉世，「看他那顆頭就知道了。」而毛澤東是蛇精。兩人都不是普通的人，才有辦法攪擾得人間多少水深火熱。

這一對龜蛇雙雄，真巧，居然跟玄天上帝的護法一樣。傳說玄天上帝原是個屠夫，因為贖罪而將自己肚腹剖開，拉出胃腸償還天地，他的胃化成了龜，腸子變成蛇。

這位屠夫因為懂得深深地懺悔，感天動地，之後神蹟四處顯現，在民間信仰有了極高的地位，連他的護法一起配享。傳說凡人一入天籍，靈感、眼界已非我輩所能想像，連一呼吸一眨眼的時間放入世間的量尺，都不是常人心智可以測知。

不知有誰也會這樣想：這猶在餘波盪漾的台海兩岸，曾與毛蔣兩人的意志、慾念有過緊緊的糾葛，又這兩人若真是玄天上帝的護法，有沒有可能，過去多少人一生難以抹滅的血淚記憶，只是玄天上帝胸肚間一場消化不良的腹疾？而此刻兩員大將正跪在祂跟前懺悔？

「萬斛珠量鬥富豪，江山無主月輪高。娑婆淚眼三千界，爭入空王眼睫毛。」

這詩對小朋友來說，可能深了些。還有一個故事：自古日本琵琶湖畔有兩大家族，他們各自倚仗龍神靈力，數百年來爭鬥不休。其實他們視為尊寶的超能力，不過是龍神打嗝與放屁的聲音。這是「偉大的咻拉拉碰」作者創造出來的故事。

所以，國文課是——？

長長的一線，是一條靈感的船帆們來來去去的河面？無限延伸的地平線？藏在孫悟空耳殼內撓癢癢，驚動天庭、誅妖除魔的定海神針？……

張經宏

生於一九六九年，台中人，台大哲學系畢業，台大中文所碩士，曾任中學教師。曾獲教育部文藝獎、聯合文學小說新人獎、時報文學獎，倪匡科幻小說首獎等。並以《摩鐵路之城》獲九歌百萬小說獎首獎。著有散文集《雲想衣裳》、《晚自習》，小說《從天而降的小屋》、《出不來的遊戲》、《好色男女》、《摩鐵路之城》等。

國文課的意義，就讓小說家告訴你

柯蘿緹／採訪撰文・張景堯／攝影

黃崇凱

一九八一年生，雲林人，台灣大學歷史學研究所畢業。曾獲文學獎若干。曾任耕莘青年寫作會總幹事。做過雜誌及出版編輯。與朱宥勳合編《台灣七年級小說金典》。著有《靴子腿》、《比冥王星更遠的地方》、《壞掉的人》、《黃色小說》。現居台南。

李奕樵

一九八七年生，全人實驗中學肄業。曾獲耕莘青年寫作會傑出會員、林榮三文學獎，作品入選《九歌102年小說選》。有小說集《遊戲自黑暗》。

朱宥勳

一九八八年生，清華大學台文所畢業，新生代台灣小說家。曾獲林榮三文學獎、國藝會創作補助、全國學生文學獎與台積電青年文學獎等。著有小說《誤遞》、《堊觀》、《暗影》，評論散文集《學校不敢教的小說》，與黃崇凱共同主編《台灣七年級小說金典》，並為電子書評雜誌《祕密讀者》創辦人之一。長程目標是在一家以文學爲主題的甜點店裡面舉辦各種文學活動。

高中生已經具備成熟而獨立的思考能力，國家卻還在使用傳統的填鴨式教育想要透過課本來教化思想，現今的國文課還有意義嗎？文學的靈光，語言的幽微，真的能在課堂中化作確實的知識、遞送到青春正盛的少年手中嗎？朱宥勳、李奕樵、黃崇凱三位新世代小說家，將透過他們戰力銳貿的腦袋與雙眼，洞穿莊嚴肅穆課表底下，等待讀取的真跡！

先有感動，再談尊敬

黃崇凱（以下簡稱黃）：我是鄉下高中畢業，宥勳是天龍國的天龍高中畢業的，奕樵則待過體制外的全人中學。我們三個剛好是三種不同典型的代表。

李奕樵（以下簡稱李）：我國中唸的是全人中學，高中才回到體制內的高雄中學。我當初的國文老師是甘耀明，有個例子我印象深刻，他對我們描述某個他在學生時代無法忘懷的瞬間：當時老師在講台上認真教書，他看到窗外的景色出奇明亮且美麗，他忍不住在那個瞬間，非常舒服地挖了自己的鼻孔。

我想他可能是要告訴我們，人生在某些不經意的片刻，都可能帶來某種啟示。像這種人生傳教士的姿態，相信在體制內外都存在。當時甘耀明還沒出道成為作家，但他確實有其獨立的氣質，比如他選擇授課的文本，而我常像個小偷在學長的置物櫃裡尋覓，看甘耀明給了學生哪些文本，像我曾經讀到馬奎斯的〈流光似水〉，並且為之撼動，而那時我還只是個國中生而已。

先感動，再尊敬，對於文本和作者的態度理應如此。但現實情況卻相反，閱讀之前就先介紹、賞析、討論，最後才是喜愛與否，如此一來，文學感受的效果可能就有了缺憾。會否學校給的文本其實不差，卻教導了錯誤的感受態度跟方法。

課堂外的文學啟蒙

朱：建中的國文課很無聊。我遇到的國文老師都有種典型氣質，像是某種很強的憂患意識，或者彷彿走下坡、墮落的世界觀。前段高中的教師素質比較好？我不這麼覺得，平均來說，教學品質最好的應該是中上段的學校，因為前段的老師反而有空間擺爛。或許因為身處巨大的教師養老院裡，所以他們有時間去議論時事和傳授所謂的人生道理，對我們這樣的學生來說，這樣的國文課學不到東西。

高三時我遇到一位極要面子的國文老師，這位老師其實已經退休了，但卻被拉回來支援教學，他曾很認真地試著想要教現代文學，好比他常講意象，就是要有「意」也有「象」——我覺得他根本不懂文學，就常翹他的課，兩人彼此看不順眼。

有一次我在學校得了文學獎，他被設定為我的指導老師，把我和他的名字並列在公佈欄上。他上課時就當著大家的面揶揄我：「不如我們就去跟學務處說把我名字拿掉吧，反正我也沒有教你什麼，不是嗎？」聽到他話之後我想了一秒，隔著一堆同學、隔空回答他：「沒關係，沒有人會誤會的。」

但也有另一種國文老師，在我當校刊社社長的時候，訓育組長是國文科最年輕的新進老師，他跟我說下次上魯迅〈孔乙己〉的時候，要我幫他代課：「反正你比我熟這些嘛。」大概只有這樣的年輕老師，才有這樣勇氣承認：對啊，我就是不會。之所以舉這兩個例子，我想表達的是，如果當一個高中生可以透過自身的努力學習，輕易超越他的老師，顯然這個體制存在很大的問題，而當這些專業者也都無法反省甚至意識到這個重大的問題，那麼這些人根本就沒有資格來教學生。在所有學科裡，國文科就是這種問題最嚴重的一門科目，沒有之一。

黃：我的國文課經驗和兩位差距很大。從鄉下的國中到私立高中，我在升學的過程中還算順遂。老師就是很典型的國文課教法，從作者生平、注釋，到考試會考的重點教一教，教唐詩就講格律，教宋詞就講曲牌名，現代文學通常讓我們自己看，有問題問，沒問題的話就這樣囉，所以多數時間都集中在文言文。像奕樵剛提到的，我的確感覺曾身陷「先尊敬，再感受」的窠臼：一來文言文所指涉的內容和現實生活有段距離，難以完全有共鳴；其次是時代太遙遠，古人感受情緒的方式和現代人也不盡相同，以致對這些文本的學習過程都變成被動的，最後你只要知道如何應付考試就結束了。

我家裡附近都是田，沒有書店，生活中不像宥勳、奕樵一樣，有接觸到其他文學的可能性。租書店裡只有武俠小說跟漫畫，印象中學校圖書館的閱覽室也沒有太多其他的書可以看。倒是有一次老師在講徐志摩的時候，突然間讓我有感而發，我跟她說我想多讀一點徐志摩的作品，可是不知道哪裡可以找得到，她聽了就說：好，我幫你。下週她就幫我帶來兩本徐志摩的散文。這樣的經驗，能讓我超越課本以外一點點。

後來我發現了綠洲。有一次我媽帶我上萬客隆超市，我看到大眾書區有本《李敖快意恩仇錄》，翻了翻，對我媽說這對考試好像有幫助，她就讓我買了；還有一次我去同學家玩，發現他兄姊的金庸小說，驚覺這些都是字的書怎麼這麼有趣，回家問爸媽能不能買一套對歷史課很有幫助的書，竟也被允許了，不過後來這件事被拆穿，爸媽對朋友炫耀自己的孩子很上進，主動要求買歷史書，朋友一看說：啊這，不就武俠小說。但還好爸媽也不太懂，最後也沒多說什麼。

文學，應該是讓人透過生活產生共鳴，但國文課卻似乎在削弱這些難能可貴的感覺，使之可被算計、可以用來考試。

李：我在體制外的學習狀態，是想閱讀就閱讀，想上課就去上課。像我和某學長曾經突然對幾何學的推導產生莫名熱情，那段時間我們主動找了幾何學的書，全心投入其中；文學方面上也是，當我們覺得想要寫小說，就全心去寫，其實內在是想要證明擁有某種對人性的掌握能力。上述這些學習方式，在體制高中內，似乎都轉變成對各種知識的掌握力和速度。這麼說好了，就像曾經有過戀愛感覺，一夕之間消失了。在雄中三年，我的作文本是空白，一直到上了大學才開始寫小說。

國文課的失格

黃：廣義來說，不管在哪個層級，教育存在的意義至少有一個功能，就是複製。透過複製的過程，讓每個人都能獲得某些知識，但照本宣科的方式，有時會阻礙某些人（包括學和教雙方）獲得在這個系統之外更重要的東西，無法從制式學科往外擴充，得到課本以外的進階知識，但所幸奕樵有甘耀明這樣的老師，宥勳則透過社團跟自我探索而成長，我自己則無法從類似或其他不同方式獲得機會。所以以我過去的經驗來看，國文課就只是為了考試而存在。

朱：我從國小到高中的作文分數都很低，鮮少能拿超過六成的分數，常被質疑為什麼能得文學獎，作文卻無法拿高分。對於課本選文，有些人的說法是這樣的：不需要執著選什麼，因為老師如果不會教，選什麼都沒用，但這是拿自己經驗來替代全體，

但這是因為他們在體制外久了，覺得體制不重要。

好課本與爛老師，好老師與爛課本，當然還是前者會好一點，至少想自學的時候還有好東西可依循。注意到了嗎？你或我或幾乎所有的學生，都會在拿到國文課本的第一時間，把每一課都瀏覽過一遍，既然每個人都存在這種對於文本的原始期待，但為什麼到最後一切都壞掉了呢？課本是一個基本的地標，如果很多人都像崇凱所分享的經驗那樣，那麼這本課本就顯得非常重要了，它可能是某些地方的某個孩子唯一能擁有的文學書！

再者，選文背後會牽涉到很大的產業問題，誰的文章入選？由哪個出版社所出版？這全都是實實在在的利益分配。如果某些作者的作品從來沒被選入課本，幾十年來這些人少了多少收益，令人玩味。

李：比起其他知識體系，文學更偏向藝術或表演而難已量化，但可觸及的意象使用，有主題，有動機，有哲學思考，有敘事者，有讀者反應論，這些理論知識不像創作的本質那麼抽象，只要老師肯教，學生就一定能理解，但弔詭的是真實並不如此，國文老師教的永遠都停留在更表層的修辭與注釋，難道學生出了社會真有機會大量運用那些修辭嗎？學校所教的語文知識對溝通缺乏有效幫助，這是國文課的一種失格。語言或價值觀隨時代變動，但我們寄予厚望的教材卻永遠選擇「經典」。

我也認同利益分配的問題，但我更好奇功能方向的經營。目前純文學的知識體系是否已完整到能作為一門學科來教授，我更期待系統性的取代跟選擇機制的出現。不見得每個人都需要成為寫作者，但每個人都需要溝通能力，如何表述自己的立場或說服對方，但我們的國文課好像發揮到這種功能。我朋友說法國的語文教育中有很嚴格規範的申論題，那似乎能幫助法國學生擁有具條理的論證能力，而這樣的方式據說是從中國的八股文借鏡過來的實用主義。而台灣的語文教育有點偏向炫技，可是既不太實用，也不特別美。

國文課的存與廢

朱：廢掉這個科目不會有任何損失，因為它本身就是空洞。國文課花最多時間就是修辭，而師範體系所發展出來的修辭系統根本不能在其外部運作，此修辭非希臘時代的修辭，所有人都不會用，根本不存在。但我並不認為國文科不能救，而必須在思維上徹底改造。須文蔚說過，現代國文科與中文系的模組受到乾嘉學派的影響一路走下來，不放棄的話就無法改變。我同意崇凱所說的用選書代替選文，應該讀一本書不是只讀部份文章，還納入文學以外的書籍，科普、哲學、藝術等，能做到嗎？說來有點弔詭，但確實已經有了，有小學在做！小學國文課比中學活潑太多了，南投有小學的策略是模擬真實閱讀情況，他們的考試的考法是：抓錯字，抓錯誤的詞和意思，模擬你閱讀文章的情形。到了高中，只要將一篇文章改成一本書就好。或許你會說學生程度好才能這樣玩？可是連小學生都能做到，可見方法必定存在，體制內的修補絕非不可行。

最大的障礙是，國文科內部需要改革，而呼籲者卻都在外部，內部的意識形態一日不改變，障礙便一直存在。某留英學者曾說，如果像英國一樣選修制度夠完整的話，我們根本不需要煩惱國文科應該上什麼。回到實際的選文問題，如果當選文變成選書，攸關各出版社的利益分配問題勢必更明顯，到時文學出版社也需要自備業務員。就宏觀的角度，文化部必定很高興，因為出版業因此振興了，但原本的教科書出版社就難說了。總之這可能會是個複雜的問題，但理念上這才是正確且正常的。

黃：也許語文科可以和歷史、地理、公民聯合開課，我們在解讀一本文學文本時，能跟時代或社會作直接或間接的連結，兩科目的老師可以合開一門課，大一國文可以提早拉到高二、高三來實踐，省得一上大學就要被強迫買瀧川龜太郎的《史記會注考證》，而可以去選現代小說。

朱：自然科也可以啊，好比吳明益的《迷蝶誌》或《蝶道》。

黃：資訊取得變得比以往容易太多，現代教育應該更重視這一點。

誰的國家？誰的語文？

黃：在台灣問起「國文」你會質疑所講的是哪裡的國文？是台灣文學？中國文學？華語文學？還是翻譯文學？在台灣你提到文學，說不定會得到《追風箏的孩子》或《達文西密碼》的回應。

李：以實用主義為出發點，文學這門課應該給學生實用的技能或知識，與其以中國文學一類的地區疆界來命名，那用華文文學稱之豈不更合理？名字所隱含的意思和所賦予的意義至今仍是模糊的。

黃：這應該和來自晚清的國學、國粹、國史有關，當時要建立民族國家的歷程，可是到現在我們還困陷在國文科這個詞裡，代表我們還沒克服當初的課題。我想，或許拔除國界不失為一個值得參考的方式。中南美洲許多使用西班牙文的國家，他們以語言作為天然疆界，而不是以國土來分野。阿根廷的高中生所讀的絕非只有阿根廷文學，烏拉圭、智利、古巴的文學他們都讀。我們的語文科大可也不必只講台灣作家，可以講香港、馬來西亞、中國，所有最低限度下的共同語言作家作品都適合被列入，更何況這些作家的書都在台灣出版啊，如果我們有華語文中心的自覺，更應該有這樣的包容跟氣度。

柯蘿緹

生長於蘇澳馬賽。宜蘭高中、清華中文系、東華創英所 MFA 畢業。足跡曾至菲律賓呂宋島，加拿大東西岸。著有詩集《無心之人》（唐山出版），作品散見D槽。

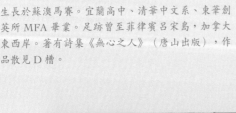

2015 後山文學獎

即日起至

8.31

鼓勵文學創作，深耕文學土壤，
推廣文學欣賞及寫作風氣，發掘和培植文學人才，
建立後山文學特色。

〔參賽資格及分組〕

社會組、高中（職）組、國中組。

限收件期間在花東兩縣設籍、居住、就業、就學之社會人士及大專院校學生，並持有證明。

〔徵選文類〕

散文3000字以內，新詩30行以內，以花東為範圍，題目自訂，參選作品每人每類一篇為限。

〔收件日期〕

自即日起至104年8月31日止收件。

〔得獎名單揭曉及頒獎〕

預定104年10月6日公布得獎名單，頒獎另行通知。

〔簡章下載〕

請至國立臺東生活美學館網站 首頁＞便民服務＞下載專區

http://www.ttcsec.gov.tw/

〔獎　勵〕

	社會組	高中（職）組	國中組
散文	第一名獎金：20,000元	第一名獎金：15,000元	第一名獎金：10,000元
	第二名獎金：15,000元	第二名獎金：10,000元	第二名獎金：6,000元
	第三名獎金：10,000元	第三名獎金：8,000元	第三名獎金：3,000元
	佳　作獎金：5,000元	佳　作獎金：3,000元	佳　作獎金：1,000元
新詩	第一名獎金：15,000元	第一名獎金：10,000元	第一名獎金：6,000元
	第二名獎金：10,000元	第二名獎金：8,000元	第二名獎金：4,000元
	第三名獎金：5,000元	第三名獎金：5,000元	第三名獎金：2,000元
	佳　作獎金：2,000元	佳　作獎金：2,000元	佳　作獎金：800元

以上各類組得獎人均可獲頒獎狀乙紙

指導單位／文化部

主辦單位／國立台東生活美學館

協辦單位／國立臺東大學華語文學系　國立東華大學華文文學系　臺東縣政府教育處　臺東縣政府文化處
國立臺東高中　國立臺東女中　國立臺東高商　聯經出版　聯合文學雜誌　更生日報

報名資訊Qr code

第四課

下課十分鐘（一）

新銳作家群書寫高中青春經驗，淘洗課桌與黑板底下各種敏銳情思

作家們的青春課堂

羅毓嘉／神小風／楊婕／林佑軒／湖南蟲

給親愛的R

羅毓嘉／文

羅毓嘉
一九八五年生。宜蘭人。紅樓詩社。台灣大學新聞研究所碩士。現職爲金融記者。著有詩集與散文集數種。

親愛的R。你總是讓我在國文課分心。分心，但專注。

畢竟那已經很久，很久了。我在國文課本的天地邊上，瘋狂也似地寫下無數個你的名字。不可能是什麼課文的默寫，蘇東坡，杜甫，李白，陶潛。而是你，是你令我書寫你名字的最後一個字使我著魔。

那時才明白，魔性都是因愛而生。

但也並不一定。親愛的R畢竟是我傷害了你，當那本寫滿了你姓字的國文課本，在走廊與走廊之間傳遞開來。各種訕笑，耳語，伸出的手指都如蝗災瀰天蓋地而來，我以為荒季已到最底、最底了我說，這不是你該承受的。親愛的R但你知道嗎，為此我又買了一本全新的國文課本，再次寫上你的名字。不同的是，我只在家裡書寫，把你留在枕頭底下，想像你的名字擁抱著我如同我接受你的擁抱。親愛的R。

預言總不會有錯，是的親愛的R，我一次又一次重寫著文字紀事，嘗試把四散的文本拼湊起來，於是我看見駭人真相。我不哭不笑無言無語，仰頭飲盡杯中之水，彷彿你在我座位前方不斷滴落的汗水。

愛逾越了夜暗的紅線，我能夠擁抱你並接受你的擁抱嗎？

人生是如此地緩慢，記憶即使坍塌，也終會有一些斷垣殘壁賸下吧。親愛的R，那是多久以前的事情了呢。我記得很清楚，某次我陪著你去淡水，而僅有我一人的回程路上，鄰座的孩子驚呼著：「有飛機欸，飛機。」我順勢看了一眼，是飛機暗暗割開了 廣闊的天空，流出藍色的血液。在這通往城外與城內的捷運道上，是他看過的第幾架航空器呢。其實並不需要去算了。那不是一架我能跟你一齊共乘的班機。親愛的R。那飛行的異度，也就與我無關。

親愛的R。我的憂鬱來自心靈流沙如緩緩沉落的古井，那裡有光嗎？我是窺天的蛙等待一場雨水，午時前後一刻天明，竟要愚蠢地以為那是世界全部。親愛的R，帶我到任何地方，除了你以外的任何地方。

突然我回想許久許久之前的一個夢。在天母街頭你牽起我的手你問，他們會這樣嗎。他們不會。但這樣很好，若說同步前行：你在這裡，二十二歲，和你同時渡過騷動的青春期。緊緊擁抱時候，正在街頭人潮中心。

夢中你我親吻。吻了許久。然後我醒。

如今我想起這些，又能怎麼呢？早已不再有什麼國文課。我們也不再青春。只是，你畢竟是我修過的一場業障。

彷彿你我能夠重回童真時代。

但不能夠。昔日的典型皆已毀壞，現在我只知道一件事情：我曾那樣喜愛你。直到你成為一個頂天立地的男人，有了妻小，我看著你在臉書上張貼種種幸福的時刻，都能讓我將向晚修成洪荒。在那裏，你是魍魎修羅，留我在彼岸來生。

青春都這樣睡掉了

神小風／文

神小風
本名許俐葳。東華大學創作與英語文學研究所畢業，已出版小說《少女核》、散文《百分之九十八的平庸少女》等書。

其實沒有認真的上過國文課，大概是因為喜歡所以非常偏食，覺得家裡的閒書都比課本好看，還自己在上頭寫注釋標佳句等等，寫了滿滿一大本，上課都沒那麼認真。那時討厭數學英文，四處找有字的東西來讀，東讀西讀偏偏就是不愛看課本，甚至是同學寫的小說都好，在課堂上互相傳著看，作故事接龍。真正的課本反倒都拿來塗鴉，默默幫歐陽修或蘇軾加上墨鏡，畫上哈雷機車，所作所為與現代學生無異，差別只在現在可上傳臉書供大家笑笑而那時沒有。當時沒想那麼多，就是無聊吧。課本是神壇，課本作家就是神像了，每日三跪九叩難免挑剔；寫得散漫的不愛，沒有故事的不愛，總在說教的不愛……哎唷這樣三年讀完倒真也腦袋空空。那和數學或英文的空不同，國文的空，是覺得「這些人的人生關我什麼事啊」的空；被貶又如何，遠遊又如何，除了分數外好像也不是很重要的事。直到高三推甄放榜，好幾個人衝進來說「上了上了」又是抱又是跳。想起范進中舉時那模樣，發狂似的衝過市場高喊中了中了，從此飛龍在天，「第二天醒來又變成一個好人」……

課本好像就是拿來歪讀的，爬在那些字的邊上胡亂想像：方仲永日日如馬戲團獅子被父親帶去表演，賣才華賣名氣賣寫下的每一個字，最後連人都賣了，天才少年變成賣身葬父的董永，遇到仙女算他運氣好；劉姥姥進大觀園後滿臉笑嘻嘻，誰嘲笑她都不當一回事，哪天轉身拿出格林機關槍，將這群美少女全掃成一團蜂窩。唯一不亂想的是柳宗元〈蝜蝂傳〉，不知為何這篇記得特牢，想來是把它當一篇昆蟲奇觀來讀：這隻「善於背負」的蟲子看到什麼都抓，抓了就背，背了就走，但牠「其背甚澀」——如今看到「澀」這個字心還是會跳一下，心裡苦苦的：這是隻不懂調節生活的小蟲啊，那不是貪婪而是強迫症了。或許我也期待誰能指頭一揮「為去其負」，把我背上的什麼給撢下來。我的高中生活很彆扭，越是文言越是不想讀，越不想讀成績越差，整天縮著肩膀躲在教室裏，越讀越無味。只好全發洩在作文裏，無論什麼題目都寫成自己的心事，離題到外太空才硬扯回來。速速交卷，就趴下來睡覺。

青春都這樣睡掉了，好像也不能怎麼辦。

萬能的母親

楊婕／文．圖

楊婕
一九九〇年生，魯蛇建築師，有巢氏。曾以若干違章建物獲文學獎、占據報刊版面。即將出版第一本散文集《房間》（麥田，2015年9月）。

碩三時終於修教程的最後一門課：「國文教材教法」。那年過得頗為閒散，這門課成了生活中唯一的正事，每週擠進教室上兩小時的課——教導我們如何教導學生的一門課。

很不幸地，我是個極度討厭上課的人，被迫關進教室的我們就像動物園的動物，而那些動物大多患有精神病。於是那門課大部分時間，我都在臺下偷偷滑手機，做著某個與現實無干的夢。學思達。翻轉教室。共同體。倘若我在夢遊般的校園生活真學到什麼，即是抵抗，與疏離。比自我更巨大的抵抗，比外界更遼遠的疏離。

而國文老師的工作是：相信課本上那些天花亂墜的大道理，再催眠學生一起啊不就好棒棒接受它。

那一年課程，壓軸戲是試教，限時十五分鐘。彷彿整個教程都在為這十五分鐘鋪墊，偉大的十五分鐘將成為試紙，預測我們能否成為完美的老師。步驟交代了：引起動機（使出渾身解數打屁）、正課（自由落體）、收尾（提問出作業），將請現職國文老師講評，同學扮演學生，事前指定十篇課文，當場抽一篇。

我擬好十份教案跑到空教室練習，我的教案專挑不重要的段落，最有趣的總是被忽略的細節。試教當日，抽籤時我非常緊張，想上〈項脊軒志〉（〈房間〉！）、〈錯誤〉和〈髻〉，怕死毫無感覺的〈師說〉、〈庖丁解牛〉、〈赤壁賦〉、〈典論論文〉。（同學ㄓ說：「真不曉得為什麼我們要教高中生『不以隱約而弗務，不以康樂而加思』？」）

謝天謝地，我抽到〈髻〉。一開始這份教案寫得很無聊，課文分析中規中矩，run了幾次講到快睡著，改由〈髻〉歸納「意象ＳＯＰ」，教學生用意象寫作文，訂題萬年老梗「我的母親」，以眼前的粉筆舉例。

上臺，一切如同練習時順利。我高舉粉筆，討論它的顏色、功能、材質，一一對應母親的角色：「這是什麼顏色？白色，是不是很明亮、很清晰？母親在我們人生中，『可能』就是這麼明亮清晰的存在……」

這是太萬能的版本，也太暴力。

我看出臺下的人被我說服了，但我也明白自己不過在演一場戲。最後的環節是出作文，「寫一個人」，已演練無數遍——禁用病時母親照顧你這類老梗，鼓勵學生寫路人甲。我知道許多父母是不愛孩子的，我不要學生虛構溫暖的家庭，生命的真相是一支粉筆都不如路人甲的好心。

不料此時鈴聲響起，十五分鐘到了。不願拖戲，匆匆交代：「母親節要到了，請大家就以『我的母親』為題，運用老師剛剛說的意象ＳＯＰ，找一個意象描寫你的母親。」

脫口便後悔。試教非常成功，大家都誇臺風好、有新意，可我深感慚愧。國文課又淪為一次贗品，萬能的母親趕來接住粉筆，教室裡永遠有飢餓的棄嬰。

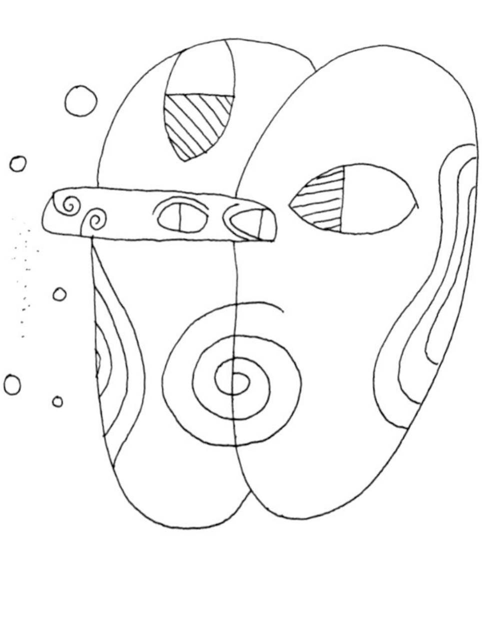

全能課本改造王

湖南蟲／文

湖南蟲
一九八一年生，台北人。淡水商工資處科、樹德科技大學企管系畢業。曾獲林榮三文學獎、聯合報文學獎等。作品曾入選《97年度散文選》等。著有散文集《昨天是世界末日》、詩集《一起移動》。經營個人新聞台「頹廢的下午」。

在網路上看了一場名為「給我們一本課本，我們給孩子一座美術館」的TEDx演講，主講者陳慕天和兩個朋友在募資網集眾人之力，改造小學課本，透過不同設計和插畫，讓孩子從小接受各種的美感可能。這當然是一件了不起的事，畢竟如他所言，大家在十八歲前，誰不是拚了命、至少被規勸要儘量地用功讀書，每天花好多時間對著攤開在課桌上的課本兩眼發直。看著投影布幕上展示出他們的翻轉成果，我真心羨慕也忍不住想，那些比任何一本我衷心愛讀的書都更像愛情地被我焦慮捧著，口中念念有詞背誦的課本，是否也有機會不辜負我對它們的注目？

能說他們不像日本綜藝節目「全能住宅改造王」的設計工匠嗎？一次次巧手布置貌似進入彌留狀態的空間，起死回生、返老還童，讓人哭也讓人墮落：如果擁有那樣一間房子，當宅男或將不是如此可恥之事？

我不懂設計，勉強只能從內容下手，盡力找出青春學子將要在意、困惑的事，即使無法充作心理治療，也給點陪伴吧。比方說夢田正要萌出愛情嫩芽的階段，如果能讀見袁哲生的〈有鴿子的天空〉，應能以笑語稍加破解人生設定裡最邪惡的咒；遭霸凌的孩子，則不妨一讀李桐豪的〈怪物的青春〉，看那些因太過平凡而在校園裡被視為畸零的個體如何互相取暖，在心裡排練無法實現的復仇計畫，文章裡不時暗示的時間扭轉現實高下結論，又根本是最勵志結尾了。在性別認同卡關的人，由王盛弘操刀的〈經過了他〉，淡筆素描的心室風景，至少能提供一份夠溫柔的對照組吧？

也不能省略我最愛的張惠菁，喜歡〈狼犬〉的同學，若不是被其中大量體己的人情所感動，大概就是被思考未知世界和人之間神祕互動的部分所觸發，以後很適合讀哲學系。而過早面臨了各種「現實專送」的早熟者，經常道破眾人不願面對之真相的黃麗群，其〈貓的國際觀〉可愛又可親，結尾的人類渺小論，幾能提供類宗教的安慰。舒國治的〈遙遠的公路〉也是我心頭大好，只是怕學生讀完真的看破紅塵而已。

當然，身為菜單改造者，營養均衡是很重要的。詩的領域，孫梓評的〈空旅行〉大量借用同音字，朗朗上口而趣味滿溢的文字，只希望不要變成叛逆者耍嘴皮子的武器。而滿腔熱血想要革命的人，就拿鴻鴻的〈我現在沒有地址了〉為之填充燃料。侯文詠的〈啖魚記〉則作為小說（及暢銷）代表，流暢好讀又言之有物的故事，給有志創作者當入門範門剛好；想要顯得酷、試試海明威冰山理論的人，就讓他讀李佳穎的〈不吠〉。

說了這麼多，好像漏掉最大宗的中二患者？要不要讀讀我寫的〈昨天是世界末日〉呢？給我一課篇幅，我讓你獲得新生。

捨不得

林佑軒／文

林佑軒

台中人。一九八七年夏天生，數日後國家解嚴。入大學後，孺慕師友，投身社會議題。走上人生的十字路，試圖洗去寂寞的童年與奮起的青年之間，勢利、庸俗、自卑、猥瑣的少年人生。台灣大學畢業，空軍少尉役畢。曾獲聯合報文學獎小說大獎、台北文學獎小說首獎、台大文學獎小說首獎等項，入選《年度小說選》、《七年級小說金典》等集。處女作《崩麗絲味》二〇一四年秋面世。

我與白爛黑站在中一中前。我們被警衛擋下來了。

「出來，」警衛說，「大人在開課程調整座談會。」

「我們是這所學校的學生。而且我們長毛了。我們是大人，我們要參加！」白爛黑對警衛脫下了褲子，「你看，客舍青青柳色新。」我也比而不周，做了一個雪中送炭的動作：「你看，芳草萋萋鸚鵡洲。菇之哉！菇之哉！」可是警衛馬上將我跟白爛黑擲地有聲。

「跟我來。」一個薯叔，綁個花巾，穿個飛鼠褲褲，超時尚。薯叔帶我們走進了汗牛充棟的座談會。

座談會。薯叔舌戰群蠕，百年多病獨登臺的教育部長人比黃瓜瘦。

白爛黑已經是我最蘭心蕙質的同學了。他為了慶祝自己勇奪讀經小狀元，在《論語》裡夾了嚴選A片偷渡來學校，里仁為美，揪團一起欣賞成人之美。那天，他譬如北辰，居其所而眾星拱之。不過眼前的薯叔比白爛黑屌一萬倍。他誰？

橫眉冷對千夫趾的教育部長準備不脛而走了。一中生圍成八陣圖，部長大江東去，黑頭車準備逆風高飛。

忽然薯叔吼：「要作戰，便作戰！」一中生吼：「自己的教育自己救！」所有人如蟻附羶，千騎捲平崗，包圍了香車美人。薯叔羅襪生塵，趴在引擎蓋上，意圖力挽洪瀾。但部長轉動法輪，薯叔執黑頭車的牛耳，又飛黃騰達了好一段路，才在多多茶坊前面無邊落木蕭蕭下來。

「薯叔，沒怎樣齁？」白爛黑焦急。「我們好捨不得你喔！」

「OK der。」薯叔的眼睛，有一棵松柏之後凋。「我捨不得的，是你們。」「他們大人，都是惠施。」

惠施？誰？我看著白爛黑。

忽然薯叔大叫：「幹！我的手機呢？」

我們全員幫找。但一路上只有補習班講義的碎片「作文公式精解」。

「幹！幹！幹！幹你爸的部長咧啦——」薯叔哀嚎。他裙擺搖搖像隻小鳥，跑到十字路口。黑頭車絕塵而去，保險桿上羚羊掛角一隻亮晶晶的唉鳳。

薯叔仆街。「捨不得——我好捨不得——」薯叔仰天長嘯，一中街被震得觫觫掉渣。

手機行裡。我們看著破涕為笑的薯叔，跟他手上那隻嶄新der 唉鳳六。

「你是誰？」白爛黑問。

「大人都是惠施。」薯叔似答非答。白爛黑心有靈犀——

「你莊子！」

「叫我阿周就好。」阿周燦笑。

「你來幹嘛？」

「來救救孩子。」

「你怎麼會捨不得一隻唉鳳六？」

「換作是你，捨不捨得？」

「他們說你捨得。」

「他們什麼咖？」

白爛黑拿課本給他。

阿周狂笑，「都惠施啊。」他指著〈莊子選〉：「作者？題解？白爛。最好是醬。筆借一下。」他塗爛了好幾課的作者肖像。

「時辰到惹，我要走惹。」他執白爛黑之手。「少年人，你們要好好保重。世界上太多惠施了。你們要做自己。這你們的時代。」

「掰。」一隻大葫蘆從天而降，阿周揮手自茲去。我們愣愣看著大葫蘆旋轉，旋轉，旋轉，飛向太陽——

白爛黑忽然蹲了下去，滿頭是血。我一看，唉鳳六。阿周的。

幹，我手滑——」雲端的阿周聲音：「超——級——捨——不——得——der——」

我跟白爛黑，日暮倚修竹。

一萬個捨不得。

我們的教育，只是一場寂寞的遊戲。阿周走光了，課本是惠施編的。惠施編了一大堆惠施進去，世界上的惠施就愈來愈多，愈來愈多，愈來愈多。

等我們長大，我們要——但我們會不會——

我哭了。

我跟白爛黑手牽手，踏過滿地的課本碎片，走進了台中一中。

延伸閱讀

《我只能死一次而已，像那天》
羅毓嘉／著
寶瓶文化
2014 年 12 月

《無法送達的遺書：記那些在恐怖年代失落的人》
呂蒼一、胡淑雯、陳宗延、 楊美紅、羅毓嘉、林易澄／著
衛城出版
2015 年 2 月

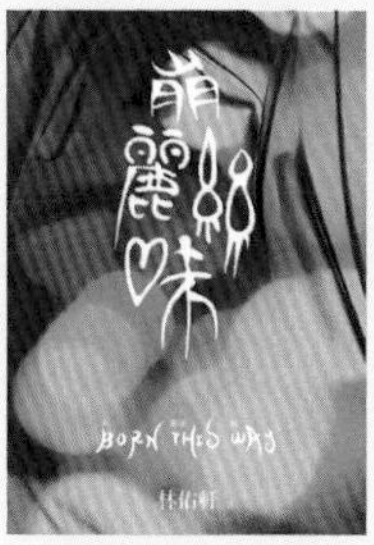

《百分之九十八的平庸少女》
神小風／著
寶瓶文化
2012 年 7 月

《崩麗絲味》
林佑軒／著
九歌出版社
2014 年 11 月

《昨天是世界末日》
湖南蟲／著
聯合文學出版社
2012 年 12 月

《一起移動》
湖南蟲／著
逗點文創社
2015 年 3 月

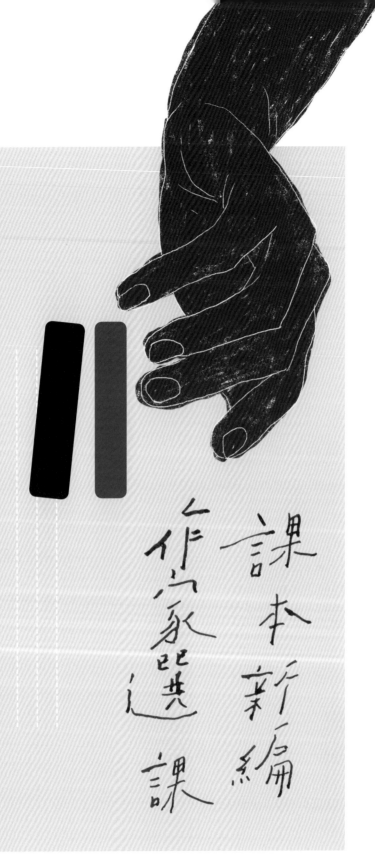

第五課

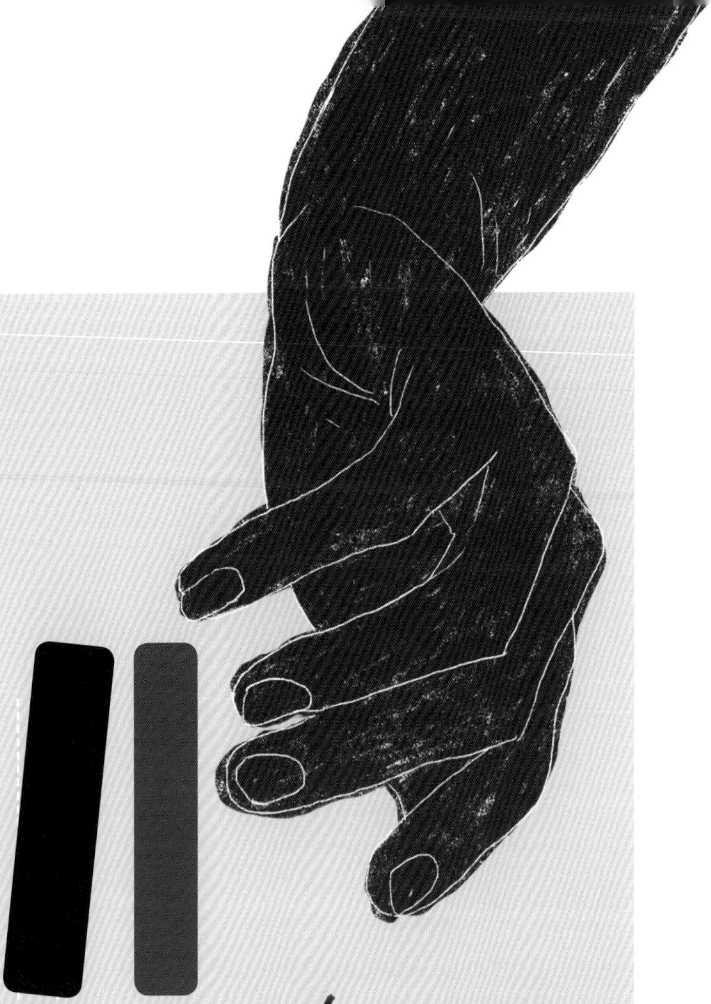

課本新編 作家選課

從課本出走，聽八位當代華文作家細數心愛的遺珠之作，開拓課本內外更寬廣的閱讀可能

楊佳嫻

孫梓評

蔣亞妮

龔萬輝

廖偉棠

吳妮民

楊小濱

吳懷晨

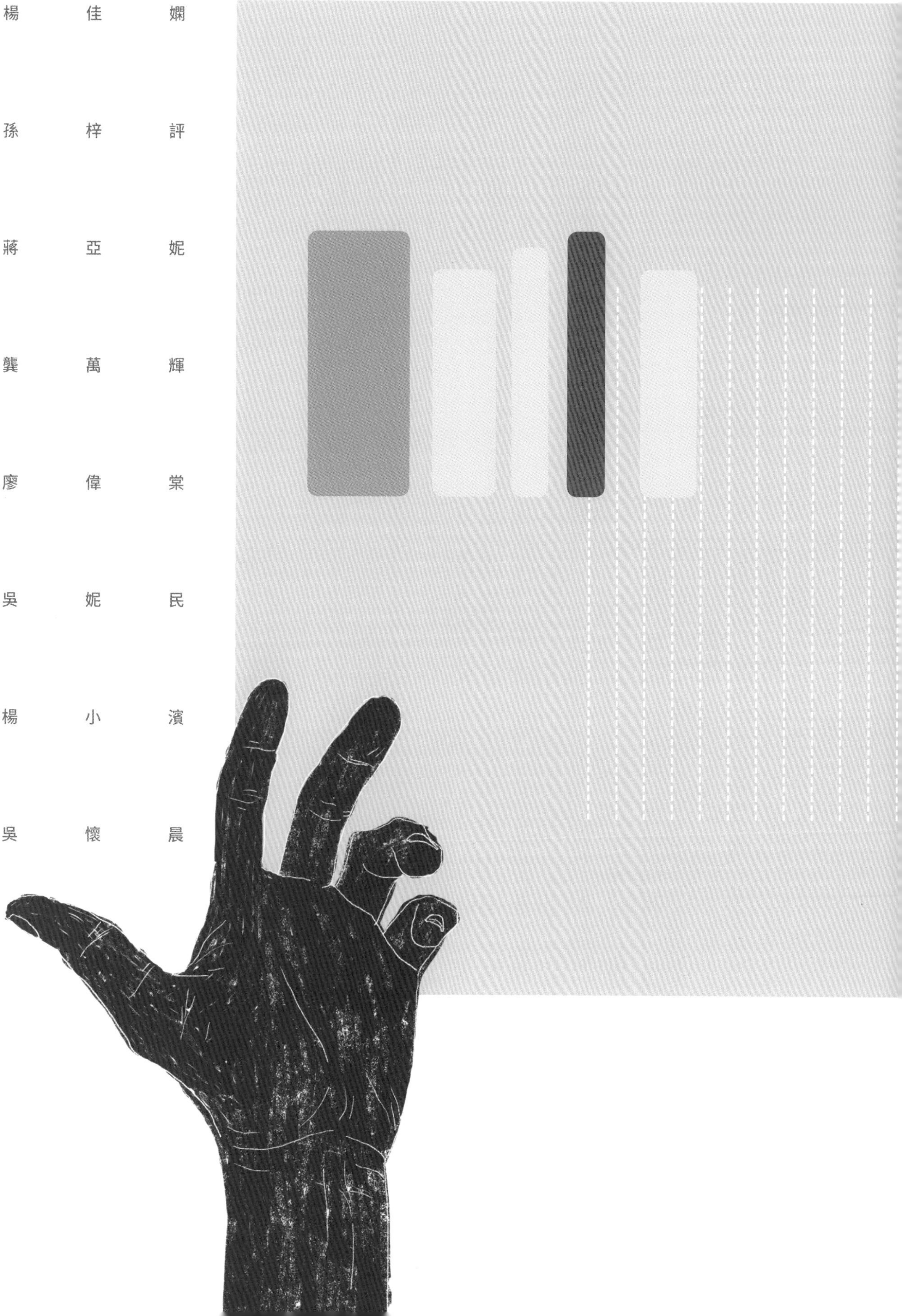

選

濫調與無盡的名單

楊佳嫻／文

介入正規教育，乃觸及範圍最大、得以「導正」何謂「正確」的「本地」文學歷史的機會。雖然時常批判意識形態國家機器，但是，這部機器如果是由我所贊同的立場來開動，就認定是正確。一旦正規教育邊界與內容確定，相關文化人員培力（編輯、教師……）本身就是一塊種種資源牽連共生的大餅。這是特定意識形態的鬥爭，也是資源的鬥爭。然而，快速確立邊界來區分敵我，目標明確，操作便利，危險則在於簡化。「文言＝保守＝大中國意識」？「白話＝進步＝愛台灣」？在台灣文化源流中突出日本／中國、取消中國／日本，就是「真實」？

「台」、「中」、「華」、「漢」等詞彙與相應內容，百年來交錯起伏，沒有什麼是絕對本質、向來不移的。情境變化，「漢文」可能從保守、獻媚變成反抗、質疑，或者反過來。如果文學和文人的精神史教會我們什麼，即是單一認同、線性發展，幾乎都是自我修改後的結果，曖昧游移、多樣並存才是真相——蘇珊．桑塔格（Susan Sontag）說過的：「文學是一座細微差別和相反意見的屋子，而不是簡化的聲音的屋子。」「我是誰」、「我的情感／認同歸趨」，自覺夠的話，就會發現那是掙扎趑趄的一連串痕跡，不是簡史，是繭史與破繭史。

另一個現象是，相關討論中，國族議題佔盡優勢，好像文學專門就是為了給國族工程當工具一般。有沒有描寫各種女性，或傳達性別多元觀念的文學？有沒有細緻描寫不同年歲、階層的篇章？請容我再次引用桑塔格——文學「擴大我對別的自我、別的範圍、別的夢想、別的文字、別的關注領域的同情」。

更重要的是，文學創作一如所有藝術門類，均涉及技藝。如今，技藝之討論被簡化為「頂真」、「反襯」、「開門見山」之類考試名詞，或是形容詞、文藝腔。我曾到某校擔任文學獎評審，同席一位語教系教授的評審標準我至今難忘：「我是教修辭學的，所以，看到一個修辭就畫一條線，線越多，分數就越高。」這是我聽過距離文學最遠的文學觀點。

對我來說，能夠在課本選文中呈現這樣的光譜：孕育台灣人之我（「台灣人」的意義不也一直在變化？）的本地文化豐富源流與繁複面向，彰顯族群、階層、性別之同異，不說教，且富有表現力的作品，即是理想選文。從我中學時代至今將近二十年，課本選文變化頗大，也有若干有心人一直嘗試在狹窄空間內做出一點改變，絕對不能一概抹煞。當然，照我的極端理想，最好課本裡可以收郭松棻〈雪盲〉、龍瑛宗〈植有木瓜樹的小鎮〉、楊牧〈失落的指環〉、魯迅〈藤野先生〉、零雨〈父親在火車上〉、顧玉玲《我們》……但是我懷疑無盡的名單完全是自嗨；它們也許更合適做補充、推薦閱讀、有心的老師與學生額外討論，課本選文畢竟得同時適應不同背景、資質的學生。甚至我也認為，最好能把現代文學選文放在東亞的、世界的文學資源流通網絡裡來理解，更可以立體認識變動重塑中的知識風景與感性模式，這部份仍然得靠教學者，同時還要有歷史教學上的配合。而教學者的訓練，當然應該包含古典文學與現代文學，在現代文學部份，尤其需要認識在印刷技術與運輸技術發達的時代裡，多地相互交流滲透的基本事實，而不是依據國族想像，把台灣文學和中國文學直接切開，或拒絕認知日本文學文化的影響。

套一句張愛玲的警世語，普通題材都可以萬千變化，「如果有一天說這樣的題材已經沒的可寫了，那想必是作者本人沒的可寫了。即使找到了嶄新的題材，照樣的也能夠寫出濫調來」；同樣的，如果教學者本身視野不寬、教學不活，即使給他最當代、最本土、最貼近生活的作品，照樣也能夠教成八股。再往深一層想，教學者的素質，不就是和當前大學文學科系知識結構緊密相關？更可怕的是，所謂「正確」，一旦無限上綱，也將變成濫調。

附帶一提，年輕時總愛嘲笑「課本都是祭文」，現在想來，〈祭妹文〉、〈祭十二郎文〉寫得真好，或是教師照本宣科教學，或是我尚未知曉生死離別滋味，因此委屈了這些從真實情感中紮實生長出來的好作品。

楊佳嫻

台灣大學中文所博士，清華大學中文系助理教授，台北詩歌節協同策展人。
著有詩集《屏息的文明》、《你的聲音充滿時間》、《少女維特》、《金烏》，散文集《海風野火花》、《雲和》、《瑪德蓮》。

隱匿、鯨向海、林婉瑜：詩是生活，詩示愛

孫梓評／文

和一個朋友約了上山吃飯。

因為隔兩週，答應了一場與高中國文老師分享「閱讀課本所選現代詩文本」的座談，山路彎轉中，忍不住問朋友：「老師們都已經是國文專業，為什麼還需要來參加這樣的座談？」

我的朋友，剛好也在高中擔任國文老師。她笑說：「大多數的高中國文老師，並沒有上過如何教授現代文學的課程，所以也有些老師，遇到現代文學篇目，就請學生自己看，或是跳過不上。」

著實一驚。看來是我幸運，國、高中時期遇到的國文老師，都對現代文學有其喜愛，還能分享課本之外的讀物。高中國文課本，理當是青春期孩子必然要面對的讀本——課本所選現代作家與文本，極可能就此決定了少年少女們對某一文類的想像，甚至是對現代文學的想像。

因此，綜觀現有、已選入的文本，自然都是佳作，識者或能見出編者對於文學史脈絡、經典文本、詩歌類型、詩人性別等綜合考量，但當詩被端到高中生面前，這些前提都被剝除，甚至還可能因為被國文老師略過不上，連藉由詮釋爭取讀者的緣分都闕如，更別說那些詩句還變成了考題，學生必須小心翼翼給出「正確答案」。也是同一個朋友，一回突然LINE我，螢幕上出現一張考卷：「欸，你的詩出現在我們今天的模擬考題上。你覺得答案應該是三嗎？」我抱著重回考場的新鮮緊張，來回將題目和答案讀了三次，頹然回覆：「我答不出來！」

以是，最理想的狀況：希望高中國文課，能以文學史的架構，將發展已一百年的現代詩，進行全面性介紹。不求深入，但求將過去現代詩高潮起伏的各階段，以及代表性詩人，藉由「官方管道」遞到學生手上。有了指南，是否能成為拜訪詩的有緣人，各憑造化。每個學期哪怕只有兩堂課的比例，聊勝於無。坊間都有不同選本或相關文學史料，老師們若有心備課應非難事。再不，點開齊東詩舍網頁，「現代詩研習班」有許多珍貴影音，可以直接播放。

——至於獲得現代詩的「正確讀法」，真是「必要之惡」？能改以其他更有創意的方式做為考題嗎？「簡答」是否必然造成閱卷的困難，或陷入給分的主觀？

另外有幾位詩人，我想特別適合現代詩的「初心者」：隱匿、鯨向海、林婉瑜。

喜歡隱匿詩裡強壯的邏輯辯證，為我們指出紛亂世界中魚骨般重要的生存意義。有樂有哀，有痛有甜，在價值觀混淆，人人習於輕易指責他人的快速社會，隱匿不曉得為什麼格外從容，自在，緩慢。如何「浮雲於我如富貴」，如何在挫折、

敗壞、荒謬的各色攻擊中，卻還保有警醒（且不惱人）的慈悲與幽默，她的詩裡都有線索。

很多年輕讀者特別喜歡鯨向海，我也是。喜歡他努力不懈寫著各種各樣的詩。特色之一是將當代口語入詩。那些我們以為只能在嬉笑怒罵間，像紙條一樣丟來丟去的字眼，被鯨向海別有用心採擷，置入，密碼般為這個時代凝鑄關鍵字。他為我們示範什麼是恰到好處的「鬆」，當多數寫詩者都過度緊張。他型態多變，有情有色，有古有今也有機，讀起來很有氧，偏愛各種大家沒寫過的題目於是擴充了詩題的想像：投票的時候，梅雨季的時候，在路邊尿尿的時候，小豪雨或夏日海邊，他那些無所不寫的詩，便像微笑的幽靈冒出來說哈囉。詩是生活。

詩示愛。林婉瑜整本《那些閃電指向你》都在示愛。沒有動用任何艱難的字眼，卻寫盡情場中人千迴百轉的心事：忐忑暗戀，該如何對待無法消滅的念想？相遇之際，如何妥貼對待彼此？愛過以後，戀人眼中的琥珀映出什麼？那些閃電，讀起來都很青春，很純潔，很堅定。真希望能寄一本給十七歲的我。除了關鍵意象的挑選準確無比，厲害的還包括詩行裡藉由對話、結構、賦格所內藏的音樂性。據說演戲最難的不是落淚，而是眼淚就在眼眶裡打轉，卻始終沒有掉下來。這些延展性極佳的情詩，大概就有類似的高明。

孫梓評

一九七六年生。東華大學創作與英語文學研究所畢業。著有散文集《甜鋼琴》、《除以一》、《知影》，短篇小說集《星星遊樂場》、《女館》。長篇小說《男身》、《傷心童話》，詩集《如果敵人來了》、《法蘭克學派》、《你不在那兒》、《善遞饅頭》，軍旅劄記《綠色遊牧民族》，報導文學《飛翔之島》等。並為已故版畫家蔡宏達作傳，《打開火盒子》。另有童書與少年小說《花開了》、《爺爺泡的茶》、《星星壞掉了》、《邊邊》等四冊。並與香港插畫家 bubi 合作圖文書《我愛樹仔》。

選

粗糙的地帶

蔣亞妮／文

記憶中，新課本發下來的那天，總是整場刷刷的翻紙聲、印刷後的油墨味、粉塵刮手的紙頁觸感，那時還常有沒切割乾淨的黏頁，細心的同學們會拿出小美工刀頁頁割開，我則因為心急而大力撕開它們，留下不齊的缺口或多出的小角，這樣過一學期倒也與那些粗糙地帶相安無事，甚至有時摸著紙角，會有一些搔癢的快感。

後來的課本，不再出自國立編譯館，各家書局的審訂本取代了它。發下的課本印刷精美了一些，課文裡現代文學的比重也提高了，不論詩或散文、小說，年代與類型都更周全了，而內容大約仍是崇尚經典與自然。我想起那些粗糙的頁角，後來我接受了課本印刷的精緻化，卻還是期待著別種內裡的粗糙，期許總有些文章搔到更深處的癢。

我是這樣去看這些文章的。

國文課本裡的詩總相對的像搖滾樂一樣深刻。詩的長度與強烈意象，也使近年的課文裡有更多的篇幅收進一首以上的作品，除了長命的白玉苦瓜一詩，各大名家也相繼佔上一席，鄭愁予、瘂弦、周夢蝶、白荻、洛夫不動如山的矗著後，中生代詩人終於現身，像是詩人教皇羅智成、像是讀後總被佔滿整個心的女詩人陳育虹。但其實台灣詩人的一波波詩潮早已洶湧多年，令人心狂悸的詩人何其多，楊澤當年《薔薇學派的誕生》詩集一出，如駱以軍所說的溫州街文青多能背個幾首，至今二手書價依然不下，詩作〈給瑪莉安〉、〈薔薇學派的誕生〉到〈人生不值得活的〉（雖然詩名可能無法入選高中教材），全都是詩中最好的一些句子了，既然有了羅智成怎能忘了楊澤？與楊澤其時，還有被無數青年奉為ICON的詩人夏宇，略後一些還有寫出〈有鹿〉裡古風纏綿句子的許悔之……這些雖是我一廂情願的讀詩法，但若十六歲那年，我就與這些詩句相遇了，一切總會有些不一樣的。

關於散文的樣貌，我想人人都是由課本裡建構出一個最初型態的。

幾年的版本更迭裡，散文家名單從清末民初延伸到了近代台灣教育培養出的創作者，林文月到張曉風、蔣勳、龍應台、詹宏志、廖鴻基、劉克襄都是可以令人寂然讀著便整晚的作家。其實這已經是散文選文由微入顯的一個進程了，但這樣的顯卻仍不是「明」的。他們寫的仍然是微物之事，雖已開始不再總是寧靜致遠，有了大海大浪、有了更確切的記憶之源。在這之中，飲食文學是相對新的顯學，也通常好讀好玩、藉食喻實，課文裡常出現的林文月、焦桐、徐國能外，也不該少了韓良露、蔡珠兒、舒國治這樣擅寫擅食的大腕作家。細讀入選國文課本的散文，除了動人，往往還是透著一種教化的宣導，或至少有欲告訴讀者們「生活的樣貌」的期許。離開了高中課本後，我對散文及生活的樣貌都產生了質疑，撇開虛構與真實，若是那人的記憶本是這樣破碎沉重的，為何不能這樣書寫？若不能自由書寫怎麼能算是散文？在這樣的質疑中，我讀更多被放在課本外的散文，越發認可散文應該是自由、不該被賦予傳統定位的。散文與生活都是可以被崩壞的，其實，現代人比起從前更早就遇見了崩壞，而至少台灣現代的散文無論多麼離散失序，總還是有著出口，那便沒有什麼好懼怕的。像是陳俊志《台北爸爸紐約媽媽》、郝譽翔《温泉洗去我們的憂傷》的散文集裡，那些讀來一定落淚的家族史，不該是躲在深處的讀物，其實也是每一代台灣孩子共通的成長經驗。

當張愛玲〈金鎖記〉都能收錄後，課本裡其實也沒有什麼更灰暗的地方了，再說灰暗也是一種生活的樣貌。課本裡的小說總能得到相對多的寬容，也許因為是虛構，便可以生生死死、哀怨不平，如果〈金鎖記〉、〈一杆稱仔〉的尺度都是沒問題的，那麼舞鶴的惡漢小說與朱天文〈世紀末的華麗〉又有何不可。畢業後，我的工作與教科書相關，於是年年觀望課本等著它們現身，甚至等過了一整個所謂的世紀末……

翻開高中課本，那大概是年少的我們直面接觸到文學的第一現場，是最適讀文學的啓蒙年紀，這樣好的年紀，正是時候開始感受文學與生活中，更敏感、更粗糙的摩擦面。

蔣亞妮

一九八七年出生，台灣台中人。東海中文系、中興中文所畢，現於成大中文博士班。曾獲文化部藝術新秀、國藝會補助，並得文學獎若干。二〇一五年出版首本散文集《請登入遊戲》。

南洋是一個流動的詞

龔萬輝／文

選課作品：鍾怡雯〈我的神州〉、林頡轢〈我的南洋〉

把鍾怡雯的散文選入課本，大概不會惹上太大爭議。鍾怡雯的文字精準，細節紛陳，行文佈局穩健，不管在馬華或台灣，對高中生，或者對創作有企圖的初心寫手來說，幾乎就是最佳的範本教材。而實際上，她的時報文學獎得獎作品〈垂釣睡眠〉，早已被收錄在馬來西亞華文獨立中學的課本裡。但如果想像這是一篇將要變成台灣高中課文的作品的話，我會私心地選她更早寫就的〈我的神州〉。

〈我的神州〉寫於一九九四年，收錄於鍾怡雯的散文集《河宴》，以及《馬華當代散文選（一九九〇年到一九九五年）》。〈我的神州〉寫了祖輩「老唐山」對中國原鄉的耿耿於懷，和後代對「祖籍」的無感和不解。描述更多的是童年生活的場景：在貼近土地的橡膠林裡，孩子們光著腳丫子奔跑，和鄰里的關係也很密切。土生土長的童年細節交織成一幅鄉野昌榮的情境。然而近乎一種宣示的，鍾怡雯在這篇散文的第一句即寫：「我終於明白，金寶小鎮，就是我的神州。」

「神州」這樣的字眼，不管在馬來西亞，還是在台灣，如今看來都有些別扭了。然而，從這篇散文，或許可以想像移民第一代而至第三代，在不過百年的時差裡，在身份認同和家國心態上的種種轉變。祖輩們被囚禁在一個民族的幻夢之中，而那也正是後輩置疑而想要掙脫的困局。這樣的一篇散文，如果變成了台灣高中國文課本的一篇課文的話，或許也提供了「原鄉」的另一種詮釋——它不再是中國大陸的代名詞，也不會是台灣——它獨立在南洋的某個小鎮裡，化成了另一個名字。那終究還是一種告別的姿態了。

從張貴興、李永平所建構的雨林圖像開始，那些茂密華麗的枝葉藤蔓、奇異神秘的熱帶走獸，一直盤踞在馬華文學版圖上最顯眼的位置。一直到黃錦樹、鍾怡雯書寫童年或少時記憶中的鄉野膠林，才稍為增添了一些不同風景。這裡頭彷彿有個隱喻，原本蒼茫的雨林是人類足跡未及的迷宮，而橡膠林卻是被墾殖出來的——為了確保每一棵橡膠樹可以吸收等量的陽光和水，種樹的人會以矩陣等分的方式，把樹木像部隊一樣排列得工工整整——原本的雨林早就被砍伐成墾殖地，變成了另一種生活的場景。

鍾怡雯在多年以後定居台灣，似乎重覆了祖輩的命運，終於也變成了一個異鄉人。在鍾怡雯近年的散文裡，隨手拈來生活細節（更多是屬於台灣的），展現了散文無所不包的柔軟。金寶小鎮也變成了一個虛化的故鄉。所謂南洋，本來就是一個不斷流動的詞。

「南洋」終究是一個曖昧的指涉。它是何者的南方？它如何承載流動的身世？對我這一輩（七、八〇年代以後出生）的馬來西亞華人來說，不管神州或南洋，也都可能背負著尾大不掉的沉重和違和感。鍾怡雯和陳大為都曾經用了很多筆墨，來建構一個「南洋」。陳大為且有一篇鉅大的組詩〈我的南洋〉，以宏大氣魄撰寫南洋各種圖騰。然而如果可以的話，我反而更希望在高中課本裡加點林頡轢（後來筆名「eL」）的一首同名小詩〈我的南洋〉。

出生於一九八二年的年輕詩人林頡轢，對於南洋，開場白是這樣寫的：「我的南洋，是有挫折感的，它屢次馱著骨折的背影，跌入自己難再開發、挖掘的坐姿，在我的歷史知識裡等著內傷，或者，發炎。」

林頡轢的南洋幾乎是一種自欺欺人的存在。它趨向老態，卻又想繼續年輕，而詩人提出了他的置疑：「問號於焉成形，我的南洋跪在問號的／陰影下　蒼老地默思著未來」。

鍾怡雯的〈我的神州〉和林頡轢的〈我的南洋〉這兩篇作品描述的都是相同的所在——馬來西亞，然而分屬兩個不同世代的作者，卻分別向彼此的前輩告別。如今鍾怡雯筆下的膠林在馬來西亞也已經大片大片地消失了。原本的膠林被翻種成油棕，而油棕園也正在逐漸被推平成住宅區，蓋公寓。生活的場景不斷地變化，我們從小鎮移民到城市，從一個國家移民到另一個國家，早就習慣了打包、遷徙，總是一直都在揮手告別。

我不知道台灣高中生對馬華文學作品會有什麼樣的想像。或許馬華文學就是一種告別的文學。把這兩篇作品收進課本裡其實有一點惡作劇，那就像是，原本努力從標本蠟板上掙脫出來的蝴蝶，後來才發現自己原來被關在一個玻璃箱子裡那樣。

龔萬輝

一九七六年出生於馬來西亞，曾就讀於吉隆坡美術學院和國立台灣師範大學美術系，目前從事文字和繪畫創作。曾獲台灣聯合報文學獎散文首獎、馬來西亞花蹤文學獎小說首獎及散文首獎、海鷗文學獎等。著有小說《隔壁的房間》、《卵生年代》，散文集《清晨校車》，畫冊《比寂寞更輕》等多種。

選

讓地火奔突

廖偉棠／文

魯迅最前衛的作品《野草》出版於民國三十八年，今天依然前衛。如果台灣教科書可以增補，我推薦《野草》裡的〈題辭〉、〈好的故事〉、〈失去的好地獄〉、〈影的告別〉、〈墓碣文〉、〈一覺〉等任何一篇。

「地火在地下運行，奔突；熔岩一旦噴出，將燒盡一切野草，以及喬木，於是並且無可朽腐。」（《野草》題辭）魯迅教曉我決絕與承擔、橫眉與俯首；而他的所有文字裡，最有決絕之意的就是《野草》，從這著名的題辭就可以看到。尼采去世二十余年，唯東方一魯迅接續了他重估一切價值的摧枯拉朽之力。

《野草》是真正的詩，魯迅本質是一個詩人，無論舊體詩或者散文詩，都是其時代之首雄，散文詩在中國前無古人，後繼者也僅台灣的商禽和西北的昌耀勉强跟上而已。商禽加强了他超現實主義的一面，嫁接了在台灣所遭遇的另一種精神禁錮和物質異化；昌耀遠居邊陲，承接其蒼茫和孤絕，獨力支撐了五、六十年代大陸失血的詩壇。可惜，兩人也已逝，張承志有魯迅之沉雄，欠其冷倔，畢竟是小說家不是詩人。

《野草》寫成差不多有九十年了，這中國的第一本真正的現代詩集所定下的高標準，九十年來竟無一詩人能超越。幾年前一份大陸報紙廣邀詩人們評選新詩百年十大詩人，我把魯迅列入並且排第一。最後出來的結果，十大中竟然沒有魯迅。不過，也當然，因為魯迅從一開始，就與所謂的文學正典唱反調，他的《野草》雖然不像其雜文那麼犀利辛辣，卻更深入中國人性的種種矛盾和黑暗之中，繼而以離奇的想像力呈現之，在草創時期清新／簡陋的新文學裡前衛得格格不入。

魯迅的詩作中總有一股鬼氣，其實就如《聊齋誌異》，所謂鬼怪往往是人性的放大，而鮮猛的鬼又總勝於死氣沉沉的活人。破格的詩則令他破格的思想得到更充分的表現，《野草》從誕生之際就是前衛的並前衛至今，正因為需要《野草》去破的現實從九十年之前就是活死人的疆域。

在批判文學之中，《野草》恰恰不是罵的文學，而是痛的文學。魯迅的雜文往往迫不得已而作，是應戰的工具（也是稿費的來源），現在我們能記住的只有文中偶爾跳躍出來的幾句詩一樣的警句。而其詩，有點像自說自話，背後是深深的沉痛。舊人寫舊體詩可能為了社交，新詩則不然——魯迅是最早意識到這個分別的，他無論寫舊體詩還是寫《野草》純粹是表達自己在大時代如磐陰霾之下的忿懣——這就是「詩人之詩」與「文人之詩」的分別。

歸根究柢，魯迅是個虛無主義者，但當作品會影響到別人，則盡可能給點希望，因此才有「地火」和「好的故事」。

魯迅也是個「樂觀的悲觀主義者」，骨子裡悲觀，行動進取，因為當你發現最底層的東西原來一片虛無，你反而得到言說的自由——魯迅之所以與蕭紅惺惺相惜，蓋也如此，或者老去的魯迅，在蕭紅身上看到了寫《野草》那時無所忌憚的自己。這無所忌憚，既不怕挺而反抗如磐的現實，也不遷就鬥爭的需要，不像蕭軍和丁玲。

今天重讀《野草》，世界的虛無依舊，甚至更加劇了，地火還在運行嗎？這個問題的答案似乎很難看到。但是答案肯定還在，在你目不能及的地方，地火不但運行，而且終於蓬然燃燒起來了，席卷了冰冷的都市，香港如此，台灣如此，大陸也如此。

「魂靈被風沙打擊得粗暴，因為這是人的魂靈，我愛這樣的魂靈；我願意在無形無色的鮮血淋漓的粗暴上接吻。漂渺的名園中，奇花盛開著，紅顏的靜女正在超然無事地逍遙，鶴唳一聲，白雲郁然而起……。這自然使人神往的罷，然而我總記得我活在人間」（《野草》之〈一覺〉）。希望學生們通過《野草》覺悟：我們生活、搏鬥的此時此地，就是魯迅所說的人間。在這個時代，我們終於得見這樣的人間，而不是旅遊雜誌裡那個天堂，這才是真正的幸事。

廖偉棠

一九七五年生，香港自由作家、攝影師。曾獲香港文學獎雙年獎，時報文學獎，聯合報文學獎等，創作橫跨攝影、文學、評論，著有詩集、小說、散文、攝影及雜文等多種。

選

洞裡洞外

一則歷時四十年的倒敘

吳妮民／文

那書斑黃了，扉頁上有我自己留下的日期，一九九八年十一月十一日，彼年，我高三。我仍記得是怎麼買到了這本書的：課堂上念過作家陳列書寫玉山的〈八通關種種〉，老師接著提出了延伸閱讀的方向，她代全班訂購、搬來一落書，那書並不是以自然寫作著稱、因之常常被選入高中教材的《永遠的山》，而是更貼近作家本身、再敏感一些的《地上歲月》。

一九九八，距解嚴已有十一個年頭，社會看似開放，故事的流通卻還在隱晦中，它們被委婉包裝，好像仍有一個舊勢力殘餘的影子，淡淡地投在地上，提醒人們那巨獸曾經存在著。上個世紀末，被選進國文課本的〈八通關種種〉，作者介紹欄是這樣寫的：「陳列，本名陳瑞麟，……擔任國中英語教師。後因故遠行。」這句話年輕的我實在不懂，看了幾次，猜想「因故」是為了什麼，「遠行」，又是去了哪裡呢？

因此在我讀到《地上歲月》（聯合文學，一九九四年初版）中第一篇作品〈無怨〉時，心裡著實被那安靜與莊嚴的姿態深深搖撼了一下。原名〈獄中書〉的〈無怨〉，讀來確是已經沒有激烈憤恨、沒有惶恓，有的只是哀傷、孤獨與一種自我對話式的思索。它替我解開了謎團的一部分——原來，作者的遠行，是被迫離開了社會、到那樣隔絕封閉的所在；而彼端灰撲無趣的囚室與日夜共處的獄友，在陳列節制冷靜的筆下，卻又純淨透明到近似空間與行為的觀察。他說，「午睡在雷聲中醒來，脆急沉厚的聲音響在囚房外」，還說那每日經牆壁上方花磚間射入的光線如何在地上投映，「陽光共有十二塊，成三行排列」。另外，一個綽號叫船長的人，會把手伸出鐵條外，對大家笑說，「來啊，摸一下社會。」——然而，謎團的其餘部分，譬如究竟是怎樣方來到這個場所，或許那答案是太過幽深、太過尖銳了，或許也因為還沒有拿捏出什麼說法才是好的，作者心意躊躇，遂讓它留了白。

接下來，我等待。期間，我高中畢業、念了大學，揣著一個並不期待會有答案的問題，續而大學畢業、出來工作……而〈無怨〉裡那還未補滿、我偶然思及念及的留白處，數十年後，陳列終於提出了回答。二〇一三年出版的散文集《躊躇之歌》（印刻出版社），五個篇章，恰是回應了多年前寫就的作品，替其鋪寫前因，並交代了主人翁後續的發展。書中第一章〈歧路〉，最是驚心動魄，像掀啓了祕密的匣蓋，直書四十多年前深夜裡在佛寺被提走審訊的那一幕、監控、威嚇、以及歷時近一個月使人疲憊耗弱的思想檢查。每次，當我與作者一同回到那被帶有敵意的扣門聲敲開的房間，看見他們踹落書櫃的鎖進行書籍搜查時，我都能身歷其境地感受到一種森冷的強橫與暴力，並且體會一個年輕靈魂因壓迫所生的恐懼和委屈。因而，當讀到那二十六歲的青年經過一整天訊問後被釋回，他獨自摸黑走過峽谷中的山洞時——「真的是伸手不見五指，……我一直渴切地盼望，至少會有一部車子吧，……這樣我就會有短暫的亮光，或者也可以知道這世界上仍然有人在我身旁活動。然而什麼也沒有。……終於走出最後也是最長的一個隧道時，我才察覺到眼淚不知道從什麼時候開始的正在一直流一直流……。」——我的眼淚也就跟著流下。

費了許多年陳列終於走出了山洞，而這個國家也能找得到路嗎？那在第二章〈藏身〉裡甫出獄、打算尋找一個政治領袖並以餘生追隨的青年，或許沒有想到在未來的幾十年間，國家真的輪替過執政黨，且以民選的方式上上下下換了幾任領袖。島國上，好像有些事在前進著，譬如人民開始學著發聲；卻也有些事是倒退了，譬如年輕人的經濟能力，譬如微調的課綱。

那麼，關於這塊土地上人們受苦的往事，可以放一段線索在課本中嗎？它是數塊拼圖，由一個人的血肉綴成，見證國家威權曾經的自我中心與霸道陰沉；依時序，它理應由〈歧路〉而〈無怨〉而〈藏身〉，或者無妨，就按著作者心境，以沉澱後倒敘的手法，對那曾迫害他的展現出一種精神上的提煉和寬宥。這樣，也許便能讓未來的孩子循路走往彼方。之後，但願迎面有光。

吳妮民

一九八一年生，台北人。現執醫業。出版有散文集《私房藥》（聯合文學，2012）及《暮至臺北車停未》（有鹿文化，2015）。

選

中國當代文學經典進入高中課堂？

楊小濱／文

當今高中生的思考、閱讀與寫作能力的成熟度恐怕已經超過了成人們的想像。高中國文課本的選擇標準，能否充分開啓一切可能性，摒棄固有的成見，以最高的文學標準為標準，而不以流行為標準（這對於台灣作家的作品其實也同樣適用）？在現代主義與後現代主義文學脈絡下出產的中國大陸當代文本，如何可能佔一席之地？

在台灣以外的華文作家裡，大陸詩人根子、多多、楊煉、王小妮、翟永明、柏樺、歐陽江河、蕭開愚、孟浪、陳東東、張棗、海子、臧棣等都有相當經典的作品值得選入。比如根子在十九歲時（文革時期的一九七一年）創作的〈三月與末日〉，將寓言、敘事、多重角色等當代元素融入寫作中，深刻表現出在極權意識形態統攝下一個青年人所體驗的荒誕感與幻滅感，其經典性堪比瘂弦的〈深淵〉。同是朦朧詩一代的多多在成熟期創作的作品也有不少可選。如〈看海〉一詩，在武斷的修辭和詠歎調般的高亢聲音中展開急速變幻的視野，隱喻地表達對歷史與個人經驗的碰撞，具有獨特的感染力量，可以看作是抒情文體的典範。當代抒情詩的名篇還有海子的〈面朝大海，春暖花開〉，它歌謠般的韻律琅琅上口，表面童稚氣的單純語調下也暗含了難以透露的哀愁，不可不讀。

另一些作品更具語言上的複雜度，可以作為培養學生閱讀能力的進階學習範本。歐陽江河的詩往往呈現出知性與思辯性，他的〈玻璃工廠〉開創出對現實素材的寓言化冥想：物質與行為抽離了現實語境，語言在自我衍生與自我辯駁中形成一種特殊的形式感，而這也是閱讀與寫作學習中應當獲取的能力。另一位典範性詩人臧棣則出示了如何最大限度地拓展語言表達的想像力與可能性，如他的〈原始記錄〉一詩展演出一個豐饒的、眾聲喧嘩的戲劇化場域，讓我們傾聽各種籲求匯合成一個生機勃勃而令人著迷的世界，這對於培養學生的語言接受力與創造力有極大的助益。

王小妮是大陸當今最出色的女詩人之一，她的風格簡潔而特異，致力於開拓女性內在的敏銳觀察與體驗，她的〈月光三首〉通過重新書寫經典意象鋪展了一個奇詭而驚悸的世界，以此編織出關乎現實的精神隱喻。應入選的大陸當代詩經典之作當然還包括蕭開愚的〈北站〉，這首詩出色地將現實圖景轉化為超現實的敘述，也示範了如何將個人經驗推展到語言表現力的極致。陳東東的長詩〈解禁書〉既是歷史寓言又是精神寓言，將一座城市的夢境與自身困厄經驗的夢境糅合在一起，雖然對於高中生有一定難度，但不妨作為一種文學的標高呈現給即將成人的青年學子。

在努力連結傳統文學與文化遺產的面向上，楊煉前期的作品有很强的代表性。曾一時洛陽紙貴的長詩〈諾日朗〉融入了藏傳佛教的民俗元素和宗教哲學，並以現代意象與語式傳遞出高亢的神聖聲音。英年早逝的張棗早年寫過像〈鏡中〉

這樣膾炙人口的詩篇，將悠遠的古典氣息與神秘連綴成具有現代感的視覺與抒情場景，也應是十分合適的高中課文。

在小說方面，諾貝爾獎獲得者莫言的作品自然應在國語課本裡佔一席之地。莫言的寫作汪洋恣肆，泥沙俱下，可藉以鼓勵高中生打破束縛寫作與閱讀的條條框框，充分發揮想像的空間。莫言以長篇小說見長，課文當可選取他長篇的片段。例如《生死疲勞》的第十七章〈雁落人亡牛瘋狂　狂言妄語即文章〉開頭部分，以狂歡化的方式描繪文革期間從遊鬥到武鬥的社會場景，用喜劇的筆法來描寫悲劇時代的典型景觀，更淋漓盡致地展示出歷史的荒誕感。可入選的大陸小說家還應包括余華、殘雪等。余華的短篇小說〈十八歲出門遠行〉本來就屬於青少年題材，在較為簡單易讀的文字中觀察和體驗了人性的冷酷與荒誕。問題在於，我們是否應在高中課本裡納入揭露負面人性的作品？我以為，在人文教育裡對人性的陰暗面進行嚴肅探討，能夠培養學生抵禦絕望的能力。這篇小說有如成長小說的片段，恰恰也落實在不幸的生活經驗所觸發的人生啓示。另外，像殘雪的寓言式短篇小說〈山上的小屋〉突出描寫了家庭與社會生活中的莫名驚悸，具有女性特有的敏感和尖銳，也暗示了特定社會歷史環境中無所不在的、噩夢般的威脅性。

不必諱言，這些文本無論從歷史文化的角度，還是從文學閱讀的角度，都會對教學雙方形成挑戰。如何鼓勵老師和學生不斷超前，避免因循守舊，也是國語教育中尖銳而關鍵的問題。

楊小濱

耶魯大學文學博士。現任中央研究院文哲所研究員。曾任《現代詩》、《現在詩》特約主編。著有詩集《穿越陽光地帶》、《景色與情節》、《爲女太陽乾杯》、《楊小濱詩×3》（《女世界》《多談點主義》《指南錄·自修課》）、《到海巢去》等，理論和評論專著《否定的美學》、《歷史與修辭》、《中國後現代》、《語言的放逐》、《迷宮·雜耍·亂彈》、《感性的形式》、《欲望與絕爽》等。近年在各地舉辦個展《後攝影主義：塗抹與蹤跡》。

選

給狡童／靜女的純情詩

吳懷晨／文

高中國文「課本新編」？乍聽此題，讓人振奮旋又沮喪。高中國文，從未脫離八股科舉的魔咒；近年又陷入古文與白話文的拉鋸戰中。然而，單純想想：什麼作品適合給十七、八歲的少男少女閱讀？我想到的是——情詩。什麼樣的情詩最富語文教育的意涵？我想到的是——最古老的《詩經》。其實，《詩經》的情詩讀來一點也不古老，有些詩篇的作者恐怕才十七、八歲！這些三千年前少男少女於青春顫動之際所吟詠而成的詩歌，如今讀來，仍多是明亮活潑呀。

詩三百，現下國文課本中選編的篇章，有〈蒹葭〉、〈關雎〉、〈蓼莪〉等。〈關雎〉、〈蒹葭〉確實纏綿有致，但卻是屬於成年人的雍容情愫。如果能讓高中生讀讀三千年前的同齡者，內心小野馬亂撞的情詩，應該可以一掃國文科沈悶守舊的調性。

另外，幾位當代詩人不僅以寫情詩聞名，他們的創作元素還直承《詩經》。因此，若選編幾首古今輝映的情詩；讓古典與現代不再拔河，詩經 vs. 現代詩，該會是有趣的教學材料。

讓我們先看看這首高中女生口吻的〈狡童〉：「彼狡童兮，不與我言兮。維子之故，使我不能餐兮。」

詩無聊難懂嗎？狡童，不就是先民時代的少女夏綠蒂與少年維特？兩小無猜本有打情罵俏小口角的時刻，我不跟你說話，你也不跟我好了，不說不說，也就食不下嚥了。斑斕的幼獸讀到〈狡童〉，總該心有戚戚焉吧。又例如〈靜女〉：「靜女其姝，俟我於城隅。愛而不見，搔首踟躕。」

三千年前的情節，不也重現在高中校園的腳踏車棚、教室窗邊，或放學回家後的她家巷口？小情人之等待躊躇，即便是人人一支手機的今日，〈靜女〉作者，仍讓古樸的戀人絮語直透人心。

又或如〈木瓜〉：「投我以木瓜，報之以瓊琚。匪報也，永以好也」。兩情相悅，相贈以物，睹物思人，不論是青銅時代的木瓜木桃木李，又或是太空時代的巧克力或 Line 貼圖，〈木瓜〉詩不精準表達了信物持贈之誼嗎？

值得注意的是，《詩經》情詩作者有許多是年輕女孩，這在爾後的文學史中未曾再有，僅就此點而言，《詩經》情詩就摩登異常；因為，這些女孩的詩風是俏皮且直接的，作者從不造作也不扭捏，佻達的她們可比現代的八、九年級生。〈狡童〉〈木瓜〉的作者都是女子，〈褰裳〉的女孩則更主動，簡直是跩得動人：「子惠思我，褰裳涉溱。子不我思，豈無他人。狂童之狂也且。」

意思大抵是：本姑娘我的身價很好，排隊追求者眾，好逑者自珍重。又或者如〈將仲子〉，把男女夜半幽會的場景重現，這彷彿是先民版的朱麗葉私會羅密歐，少女口吻敘述起來，真是可愛又好笑：「將仲子兮，無逾我里，無摺我樹杞。豈敢愛之，畏我父母。仲可懷也，父母之言亦可畏也。」

小女生重複了三次：無逾我里／我牆／我園，顯見她的年輕愛人，少年方剛，不知道在多少個月黑夜半，翻牆技術不好把莊稼都踩壞了，真是惱人呀。

幾首詩看下來，不就如實是高中生的日常寫照？相信若選入這幾首詩，學生當能朗朗上口，活用在青春校園裡。

而現代詩中，幾位情詩大家，也都是《詩經》的當代代言人。他們的詩作不乏直接採用詩經題名，譬如楊澤的〈伐木〉。《小雅．伐木》「伐木丁丁，鳥鳴嚶嚶。出自幽谷，遷于喬木。」本來是友朋相宴之詩，但到了楊澤的手裡，〈伐木〉立刻成了情詩，且那樹梢枝頭上的鳥兒，成了頌歌愛情的愛神：「藏身于繁花深處／春天最隱密的一棵樹上／她向我歌唱愛情／且宛轉地責令我建築愛的居室」

早已直言自己是拜月詩人且宣告「祇想站在愛的一邊」的楊澤；《詩經》的種子，讓他在白話文園地中種出一片盛開的薔薇。另外，陳黎的詩風明快幽默，跟〈將仲子〉的作者有得比。他的〈給周朝的陳情書〉改編自〈野有死麕〉。本來〈野有死麕〉描述少男少女於野地纏綿的情事，但陳黎將之改寫為少女誘吉士的現代版：「有女懷春／吉士被誘之……／／她美目盼兮／如兩粒珍珠……／／更不得了的是／她乳淵幽兮／讓鄰桌刀叉紛紛墜入」

若〈給〉詩與〈野〉詩並列教學，肯定會在課室中反應熱烈（怕就怕引發高中生太多的動情激素……）。最後，讓我們回到最為熟悉的〈蒹葭〉；現代詩系譜中，不乏對〈蒹葭〉的摹寫之作，如羅智成的〈蒹葭〉：「風／冷冷地向我們取明的燈火瞥了一眼／那乍暗而未復明的一瞬／妳華麗的愛情／驚惶地向我探詢／『聽，』／我說／風吹奏著群山……」

陳義芝也有〈蒹葭〉之作：「亭亭那朵，在蒹葭的水域／在孤鶩斜飛的水中央／我偷眼望著，簌簌垂淚／費神地／為夜空繫上一顆顆／晦澀的星結」

在羅智成與陳義芝的脈絡中，在水一方的伊人，與纏綿的情人，最終一同上望天際，與星空秘語。如此意象，的確為〈蒹葭〉〈關雎〉轉化出現代的意境。

時序進入二十一世紀，我們是否應該鬆綁國文教育，還給高中校園裡的狡童／靜女，那些古典又現代的純情詩。

吳懷晨
衡浪人，詩人，政大哲學博士。兩屆台東詩歌節策展人。長年遊走東海岸。
現職台北藝術大學副教授暨中心主任。著有《浪人之歌》。

第六課

何寄澎

黃國珍

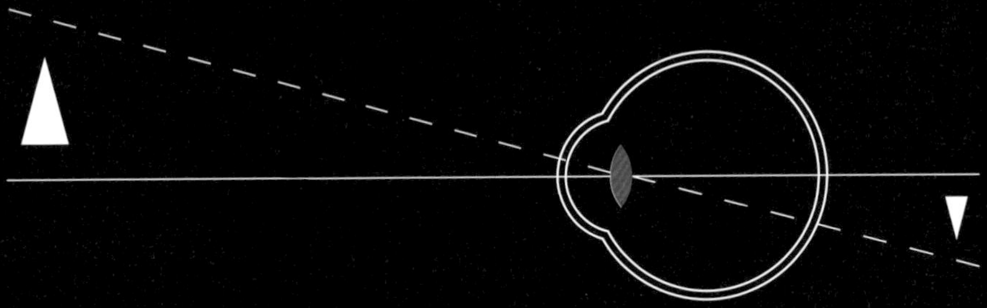

文學教育權威何寄澎數十載編選經驗談、「品學堂」創辦人黃國珍行動實踐觀察，重鑄當代國語文教育的思辨面貌

國語課本流變記

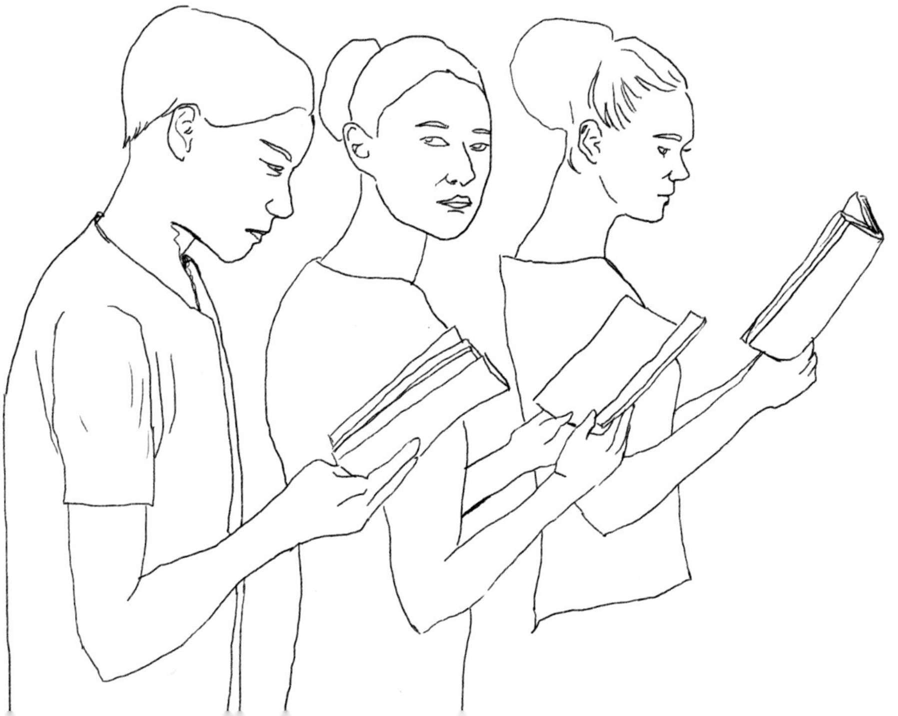

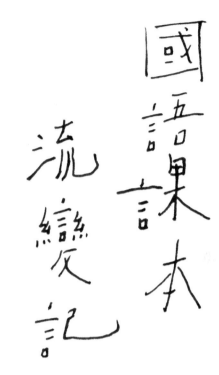

優美的教育

專訪何寄澎教授

何寄澎

台灣大學中文系教授，專研現代散文、唐宋古文、中國文學史、語文教育與評量等。著作橫跨學術與文學領域，最新著作爲《永遠的搜索：台灣散文跨世紀觀省錄》（聯經，2014）。

珍珠保羅／採訪撰文 · Wu René／攝影

一冊國文課本，每一篇課文皆堪稱經典，將這些作品收編入課本之中，看似理所當然，但背後卻隱涵著各種邏輯、立場、抉擇與意識型態。從具有數十載豐富審選經驗的何寄澎教授口中，我們彷彿聽取一段滔滔如大河奔流的國文教育演變通史，萬股分流再合爲一處，直奔向國文教育的汪洋。而千縷萬緒的歷史事件，在時間的檢驗細究之下，也彷佛默默無語的極星，靜靜指向眞實歸依之地。

Q 以您近數十載的課本編纂經驗，您心目中是否存在一本「理想」的國文課本？若有，它應該是什麼樣子的？

A 國文課本是千頭萬緒，不像數學課本可以建構出普世不同階段所需的能力標準。國文，不是美術也不是公民道德，但如果國文課好的話，能給學生的不只是語文，也是美感、多元的視野，甚至在民主法治素養。比如我曾選胡適的《容忍與自由》進課本，文裡有很深刻的描述；我可以去村落裡面把神像搗毀是因為村落的人容忍我。人家早在六七十年前就講了，我們要自由我們也要容忍，這不是對現在來說相當重要嗎？國文課本要顧本質，語言運用、美感，文化傳統的基本認知與掌握。理念清楚的話，編出來的就會是理想的國文課本。

Q 請您談談，高中國文課本從以往到現今，您所觀察到哪些變化以及是否與當代社會、文化、文學趨勢、現象相呼應？

A 就我所認知的，國文教育可以分成四個階段來談。第一階段是國立編譯館編印課本時期，通常叫作「部編本」，內容文言文比例約七到八成，現當代文學較少。語體文中較多是非文學，有國家民族意識教育作用，特別是政治人物會選進來，例如孫中山、蔣介石。而改變發生在末代本時，剛好我有幸參與。該本改變有二處，一是讓文學成為本位。是政治人物也好，不是也好，選進課本的作品，文學藝術性一定要足夠。因此可想見大部份政治文章都消失了，回歸到語言教育裡很重要的文學教育；二是現代詩第一次進入課本，比如詩人林泠的詩〈不繫之舟〉。而楊牧的散文也第一次由我選進來。我覺得這是台灣高中國文教育超過半世紀非常重要的改變。

第二階段，課本向民間開放了，好的角度來講就是百家爭鳴、百花齊發，但也產生負面作用。我們通稱這階段的課綱叫「八八課綱」，其基礎「八四課綱」參考了我早時在教育部人文社會指導委員會擔任委員所撰寫的藍本。我當時到全台與中學老師座談，發現他們希望國文課本某種程度有系統地呈現兩、三千年來的文學變遷傳統脈絡，這與我的理念相通，我把它聽進去了。但發現有困難無法克服，比如講文學發展要從現代往古代溯，或是從古代往現代過來，但如果從源頭開始講，馬上就會碰到先秦兩漢諸子的文章，不可能放在高一高二，太難了。那如果從現代、五四回溯到明清，很快地在高二又會講到戲曲。

後來，我們選擇了一個辦法：我們大部份讀的都是唐宋文，雖然也不見得比較容易，但師生都比較熟悉，因此讓高一到高二上學期教唐宋，高二下學期開始上溯先秦、下探明清。雖然不是由上而下由遠而近的直線脈絡，但我們相信老師若可體會這樣的理念的話，就可以自己架構。這也是第一次國文課本建構出文學史的概念。

第三階段是「九五課綱」，這時教育部對高中課本開始圈選四十篇文言文選文。在末代本中，我們作為編審委員是覺得什麼樣的文章是經典、有歷史銘心的價值才選，「八八課綱」時也還是這樣，但九五不是了。我承認這四十篇大部份是好的，但的確也有些不是。另外，九五課綱也廢除了文化基本教材（論語、孟子、大學、中庸）。再者，做了體例的改變。一個課本一開始是「題解」，接著「作者介紹」、「課文」、「注釋」，然後「問題與討論」。剛開始八八課綱民間

本的時候，我自己主編時便覺得，應要告訴老師學生這課主要學習重點是什麼，所以加入了「學習重點」，再來才是「題解」、「作者」，並增添「課文賞析」、「應用練習」，才是「問題與討論」。舊有的「問題與討論」固然可以讓學生針對課題題問，但更應讓他知道怎麼操作，所以有了「應用練習」。但到了九五課綱，審查後他們要我們把「應用練習」拿掉，並規範出作者寫法，像黃春明，我們知道他是民國二十四年生，但到了「九五課綱」，卻必須寫成「生於昭和X年X月」。因為這些規範，我們的課本編完後常常送進去被打回來。一個本來有理念的也變得支離破碎。這也使得原本該大鳴大放的民間本，其實看到最後每本幾乎都一樣。

最後一個階段是一百課綱，其改變把四十篇選文刪減變到三十篇。我認為這是好的，儘管根本上我覺得十篇二十篇都不應該規範。另外一百課綱也把文化教材又恢復過來。

Q 接續前話，一本「理想」的國文課本，應該擁有甚麼樣的必備條件？以及醞釀這些條件、使理想得以在當今實現的要素？

A 我的想法是，一本好的課本應該要具備三種特質：第一，課本本身不光是編者而已，要有一個具有開闊理念的編輯群。第二，要有正確理念的審查委員群。第三很重要的，要有優質的教學現場教師。

Q 依據您的觀察，您認為現今高中國文課本最需轉變之處為何？及您對當今語文教育／文學教育的任何建議？

A 未來的十二年國教目前還在討論階段，但我基本上很悲觀。現在站在教育的角度說實話，寸步難行。最需要改變的還是回到語文教育的本質——文學傳統的教育與涵養、語言的應用與優美的教育。十二年國教如果可以將百分之七十能力轉到語文教育本質，百分之三十再環扣於目前頒定的核心能力，我想還是可以的。

珍珠保羅

末路小花成員、文字工作者。

2015
eslite bookstore
sale up to 80% off
誠品信義店
舊書拍賣會
9/10-9/20
11:00am-10:00pm
信義誠品6F展演廳
外文圖書
影音商品
童書
設計商品
雜誌
中文圖書
文具
數萬種商品
全面2折起
單筆消費滿1500元
贈送「100元抵用券」乙張
台北市信義區松高路11號6樓 | 02-8789-3388 ext.3215
誠品書店
the eslite bookstore

轉化的能力，使知識成為力量

黃國珍／文

教改話題總是引起台灣社會廣泛的討論，事實上關注教育改革議題的不僅台灣，世界許多先進更國家早在十年前，就各自為二十一世紀人才的教育進行規模或大或小的改革。台灣第一次教改「九年一貫」已於二〇一二年走入歷史，隨後是以「十二年國教」為主軸的第二次教改，但此次又因會考分發制度與課綱議題風波不斷，彷彿整個教育的目的就是為了符合考試而存在，無關乎義務教育首在發掘孩子的天賦才能或興趣志向，並引導其至適性的進階學習。若崇高的教育理念無法撼動長久以來以升學表現衡量能力的價值認知，既然考試這麼重要，我們就來談考試，而且談考試題目背後代表的公平性與能力。

在求學過程中，總有各式各樣的考試來評量我們的學習成果，台灣學校中最常見到的成績表現方式就是「百分制」，最高滿分為一百分，若成績低於六十分就是不及格。還記得自己國中階段所有重要的學科項目如國文、英文、數學老師在各種大小考中都規定成績少一分打一下，所以對我們這種成績不上不下的學生，每回總是要挨不少板子。雖然現在已經少見這種處罰，但是計算成績的方式卻一直未有改變。現在的教育環境能以更正面的態度對待成績未達標準的學生是很好的進步，但是我們需要更進一步關心考試，尤其是考題的設計並探究分數後面所代表的意義。

目前評量考試的形式，依然左右家長與老師對成績分分計較的關注。關心孩子的成績並沒有錯，若分數的多寡代表學生學習的成果，到底普遍在學校使用的百分制所給的分數，每一分的差別能反映學生之間學習與能力上何種差異？如果有，我們的確需要關心每一分成績差別所說明的意義。但是若沒有明確定義能力上的差別，那為何孩子要接受每一分差異所帶來的不同對待？

我們以一份高中升學名校的國文科段考考卷的題幹，來了解當前高中考題設計的內涵及評量學生的條件為何？並且試著去區分高低分數差別所代表的能力差異為何？

以下是該考卷部分題目的題幹：

1下列各組「」內的字詞，讀音完全相同的選項是（語文常識／知識記憶）

2下列文句完全無錯別字的選項是（語文常識／知識記憶）

3請依課文原意選出排列順序恰當之選項（語文常識／知識記憶）

4以下「」內的字義，請選出不是名詞轉爲動詞的選項（語文常識／知識記憶）

5在語文之中，把兩種不同的事物或觀念，對列比較而增強語氣，加深情感，使意義更明顯的修辭方法，謂之「映襯」。下列文句何者不屬之（語文常識／知識記憶）

6下列文句中「」內的成語，使用錯誤的選項是（語文常識／知識記憶）

7下列各詩句未用典故的選項是（語文常識／知識記憶）

8下列有關「」內的數字，非實數的選項是（語文常識／知識記憶）

9「草原上　每一條河流／都竭盡所能地在轉換著流向／迴旋　往復　從不遲疑卻也不逞強／□□前行　這閃著光的曲折　路徑／除了河流母親還有誰／如此渴望去□□去潤澤每一株牧草的心」（彎曲的河岸——席慕蓉）上列新詩，缺空的字詞宜填入（語文常識／閱讀理解）

10下列「」內之字詞，何者不屬自謙之詞（語文常識／知識記憶）

11誇飾是一種主觀的寫作技巧，以超過客觀事實的誇張舖飾，使人印象深刻。請選出屬於此種修辭者（語文常識／知識記憶）

12主語不是動詞謂語所表示的動作，而是動作行爲的受事者，這種句式即爲「被動句式」，下列文句屬於被動句式的選項是（語文常識／知識記憶）

13假設複句是從句提出一種假設，主句說明在這一假設下產生的結果。下列文句屬於假設複句的選項是（語文常識／知識記憶）

14請選出下列「」內字義兩兩相異的選項（語文常識／知識記憶）

15下列有關詩人、作家的敘述，正確的選項是（非語文常識／知識記憶）

若各位花點時間看完這十五題國文題目，會發現這是張我們熟悉又稀鬆平常的試卷，正因為它是如此稀鬆平常，所以才能真實地反映目前國文試題所重視的學習目標，也因為我們視為稀鬆平常，才更需要了解這問題被忽視的嚴重性。現在換我們提出幾個問題來思考，請問這張考卷可否看出答對7題與11題的同學差異在哪？能力差別為何？各自要強化的學習能力是什麼？如何引導個別進一步的學習？如何在教學上給予差異化的補救？

如果您無法分辨，並不是您的問題，因為真的無法明確分別。由於試題並沒有明確的能力定義，以至於出題多是依據個別的經驗，或教科書商所提供過往試題光碟作為出題的依據來設計試卷。因此對於成績未符合期待的學生所給予的回饋多是「你要用功一點！」、「多做一些考卷！」、「這些課堂都講過了，你有沒有記起來？」、「背熟一點，多讀一點」、「你能要融會貫通！」，而不是從能力面向上「廣泛性的理解」、「推論性的思考」、「思辨性的省思」……等給予學生在學習上明確的提示，反映學生學習上的挑戰，同時修正老師的教學設計。

當我們重視孩子分數的同時，更需要關心孩子面對的是怎樣的評量考題！

嚴謹而優質的提問品質，將會驅動學生優質的思考。若考題僅需要學生在即有的精熟記憶中搜尋答案，這等於暗示孩子無需思考，只要擷取精熟的記憶就能回答題目，但是這精熟的知識在未來的生活與工作領域中有多少施展的機會。即使老師有心補充相關延伸的資料，豐富了教學的廣度，但考題若未能脫離精熟記憶的出題模式，依舊無法改變學生學習的內涵與層次，從認知發展的層面來看，更影響孩子心智發展的完整性，以至於學生無力思考做複雜多重的推論，進行嚴謹的思辨並提出問題，連帶也難以培養自發性解決問題與自我檢視的後設能力。

目前全球從經濟、政治、社會、文化都在經歷一場從未面對過的典範移轉，真實生活中，我們不時可見擁有高學歷的人，陷於看不到問題，找不出答案的困境。延續過時的考題設計，如何培養我們的下一代成為一個可以獨立思考、發現問題並知道取得資訊，應用知識解決問題的人？先進各國的教育當局，為提供給孩子未來面對巨大的改變的能力，延續國家的競爭力，相繼推動教育制度的改革，重新定義學生能力的指標。從學生的教育評量發展趨勢來看，評量考試成為學習的「健康檢查」，主要從了解學生學習成就為基礎、分析教學得失、以利改善教學設計，為學習困難進行診斷，輔以補救教學或個別化適性發展的機會。

面對越來越不確定的未來，過往「知識就是力量」的思維將難以滿足當前教育所肩負的任務，孩子現在要的是「將知識轉化成力量的能力」。

這兩年台灣的教育界活力十足，從翻轉教育的理念到學思達和許多熱血老師捲起的教學現場改變，都顯示台灣第一線老師在教育上行動的能量與創造力，而這場由基層教師推起的典範移轉，能否跟上當前國際教育改革的內涵，讓孩子擁有「自我提升」的學習力，成為二十一世紀的人才，唯有評量考試內涵的改變，將未來人才需要的能力，落實在我們考試設計的思維上，才能是台灣教育內涵真正的改變，這將是實現教育改革最具挑戰性的最後一哩路。

黃國珍

一九六七年生，一位設計思考者與閱讀素養推廣者，四十歲之前，以創意協助企業將文化題材與創新思考，應用於企業形象與經營策略。多次參與台灣在觀光、經濟與政治議題的國際宣傳的創意指導工作。四十歲以後，投入心力關心社會議題，以創新思維，創造具社會永續影響力的社會企業。目前關注台灣青少年閱讀素養問題，並創立「品學堂」，發行華文世界第一本培養閱讀素養的雜誌《閱讀理解》，爲青少年閱讀素養與思考品質紮根。

第七課

作家的寫作課

下課十分鐘（二）

寫作是作家的特權？四年級、五年級、六年級與七年級作家群率先執筆，揭示無人道破的寫作奧祕

甘耀明

楊富閔

朱國珍

陳銘璠

曾琮琇

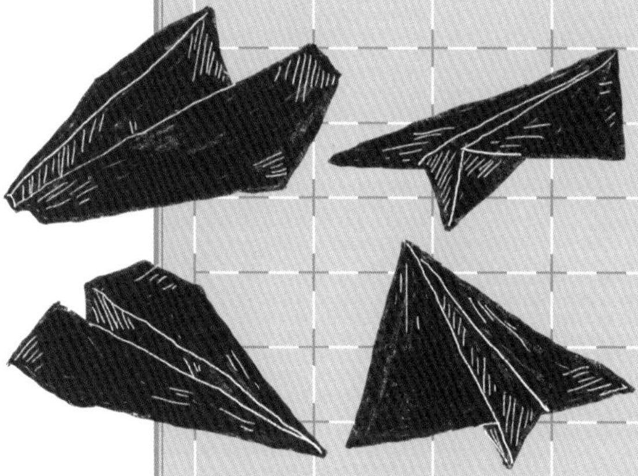

追逐假分數的青春

甘耀明／文

今年六月初，某中文系教授兼閱卷召集人開記者會，針對國中會考作文「捨不得」測驗公布結果。該教授認為，不少學生寫爺爺奶奶去世，以目前民眾的平均壽命為八十歲，他合理懷疑內容虛構，消費爺爺奶奶。結果，隔天有數學專家回應，以機率計算，學生會有百之八十的機率，在國三之前遭逢祖父母之一去世的生命遺憾。還好我國三不考作文「捨不得」，不然我真切地寫下阿公去世給我的「捨不得」，會落於俗套，還被視為消費死者。

作文，唯有少數腦袋漏尿的蛋頭學者、教師或學生會將它跟創造力掛勾，大多視為攫取分數的工具，過就算了，別認真太久。這麼說來是我也曾在淵藪中滾來，無數次國、高中模擬考的作文，我寫得掌心冒汗，尤其逼臨最後一段，時間迫在眉睫與使力握筆關係，手筋抽痛不已，期盼這種連大人都厭惡的作文早早結束吧！

之後，我教過不全然迎合大學聯招的「體制外」高中國文課，從不教學生作文怎麼寫，一來是教不來，二來是學生討厭遷就考試為文。我將這堂課視為「寫作課」，出個題目，學生怎麼寫都行，論說文、抒情文、新詩、小說皆可，我針對成品給意見。學生大部分寫小說，原因是他們嗜讀小說，吃甚麼，反芻的例證就是小說文類，課堂寫不完的回去寫，最後繳交出來的篇幅達數千字的不少。保持寫作習慣，是那些年我經營寫作課的常態模式。待學生到了高三，才在課堂限時完成六百字以上的作文，要求不偏題、分段截然、語意和結構清楚，要得高分另得加入迷人細節、深刻事件與心裡想法。至於作文內容，虛構也行，但要有能力說服閱卷老師才行。

作文可以寫假的，不，應該說是「虛構」。這種潛規則亦如在臺灣會將散文視為文類，無關真假，有人謙虛操作，而有人為文學獎寫得火拚似。這項潛規則在作文也用上，某年我在某女中教寫文課，詢問在座二十幾人，誰會在作文考試時虛構的，幾乎舉手，而且頻率不少。

「如果作文可以寫假的，為什麼不開放寫小說？」有位女學生問。

大哉問，作文這種「你寫真的、閱卷者當假的」，「你寫假的、閱卷者當真的」，如何虛實拿捏得宜，又要不落俗套，絕對要寫手級的人。這些高手寫出的作文，往往公布內容後被民眾打臉，不是太制式，就是修辭過頭。

我當時怎麼回答那位女學生，已忘了。但是，將作文開放類型，只針對題旨發揮即可，對學校老師而言更難教（小說、現代詩怎麼教？），閱卷老師如何評論創造力？學生怎麼應付？舉例說，某年高中學測的作文題「漂流木的獨白」，這需要想像的寫作，令學生哀鴻遍野，因為當今教育令學生跟考試無關的就自動關機。想像力向來不是學校的教學重點，要你想像很折磨人，臺灣教育還是慣常用對錯與選擇題篩選。最後，作文形式還是牢籠內的表演，一旦撤掉牢籠，大家反而無措，公然寫假的還不如私下寫假的。

好了，這篇文章沒教你寫好作文，更談不上觀念，不過要是任何國、高中生能將《聯合文學》雜誌囊括進閱讀範疇，通常能列入作文寫手級，因為他們文學放入書包，排擠教科書就是一種閱讀上的創造力了。

甘耀明

台灣當代小說家，被稱爲「魔幻鄉土」作家。東海大學中文系、東華大學創英所畢業。曾獲中國時報開卷十大好書獎、臺北國際書展大展獎、博客來華文創作年度之最獎曾獲國內多項的重要短篇小說獎。著有《神秘列車》、《水鬼學校和失去媽媽的水獺》、《殺鬼》、《喪禮上的故事》、《邦查女孩》等。目前專職寫作，兼任靜宜大學「文思診療室」駐診作家、「千樹成林」與「快雪時晴」兒童創意作文班教師。

唸歌

楊富閔／文

楊富閔
一九八七年生，現讀台大台文所博士班。曾獲二〇一〇博客來年度新秀作家、林榮三文學獎小說首獎；入選二〇一一、二〇一四台北國際書展大獎。爲《中國時報》「三少四壯集」、《印刻文學生活誌》「好野人誌」、《自由時報》「鬥鬧熱」等專欄作家。著有小說《花甲男孩》、散文《解嚴後臺灣囝仔心靈小史》、《休書：我的臺南户外寫作生活》。

我的高中國文課與網際網路密不可分；與流行音樂密不可分；與抄寫歌詞更不可分。

抄的最多的是五月天和孫燕姿，通常抄在計算紙，講究一點才用活頁紙（這名字多可愛），然後壓在桌墊當成心情註腳。桌墊下很熱鬧：日課表、行事曆、用過的吸油面紙，孔廟求來的祈福紙，最重要的就是歌詞。我桌墊下的歌都很勵志：〈倔强〉、〈逃亡〉、〈我要的幸福〉，這風氣在當時的學生圈很興盛，最常在同學的桌墊下看到〈K歌之王〉、〈倒帶〉。

我的班導教的是數學，但在强調語文教育與課外閱讀的時代氛圍，她就規定全班每天寫日記了。單調重複的高中生活有什麼可寫？於是我就大量抄寫歌詞應付，老師也不反對，結果大家跟風一起來。像初學九九乘法表或注音符號，不僅會念，也要會寫，最好把「念」和「寫」合而為一，永遠記在腦袋。我覺得它是另一種國文課的延伸，自己手作的補充教材，心情沮喪我會低頭唸一段「當我和世界不一樣，那就讓我不一樣，堅持對我來說就是以剛克剛」；或者「我還不清楚怎樣的速度，符合這世界變化的腳步」；我覺得它也是我識字寫作的一個起點，從歌詞到創作，從音樂到結構，聲音的、複沓的、口語化的，庶民性的。

當時我最欣賞李宗盛的歌詞，他幫莫文蔚寫的〈陰天〉、〈十二樓〉，給張艾嘉的〈愛的代價〉、〈因為寂寞〉，他自己的〈鬼迷心竅〉，以及張曼娟替張清芳寫的〈深邃與甜蜜〉都深深震撼著我。奇怪的是我從沒有抄過台語歌，這又是為什麼？台語歌是我的最愛，作夢都在唱〈感謝無情人〉，唱得最多也是台語歌。高中時期大概我就碰到表記用字的問題了，我一邊狂抄國語歌詞，一邊狂唱台語歌，如此雙聲道的轉換操作，像電視遙控器的雙語按鍵，後來我發現自己講話也是這樣切來切去的。

抄多了歌詞，遂也有創作的慾望。我寫過許多像數來寶也像 rap 的歌詞，就是沒寫過一首詩，或者以為數來寶 rap 也是詩。記得先是手寫，然後再到 word 打字、編輯、分行，潑到剛成立的奇摩家族，潑上去有時格式會跑掉，每天放學我就關在房間忙著織編版面，倉皇茫然的高中歲月，原來我曾想當一名寫詞的人。

不久前讀陳培豐老師的《想像與界限》，他提到一九三〇年代流行於台灣民間的歌仔冊具備聽歌識字的功能，我想到高中時期桌墊下的流行歌詞，我的好友瑪麗亞甚至有一本全手抄的記事本，時常上下課捧著歌本唸唸唱唱，這畫面讓我印象甚深，大概這就是現代版的歌仔冊吧！抄寫歌詞是我文學習作的一個過程，後來我的作文喜歡援用歌詞，從一個單詞、一個句型、一個段落、一篇文章的完成，它甚至影響了我想像台灣、觀看世界的方式。

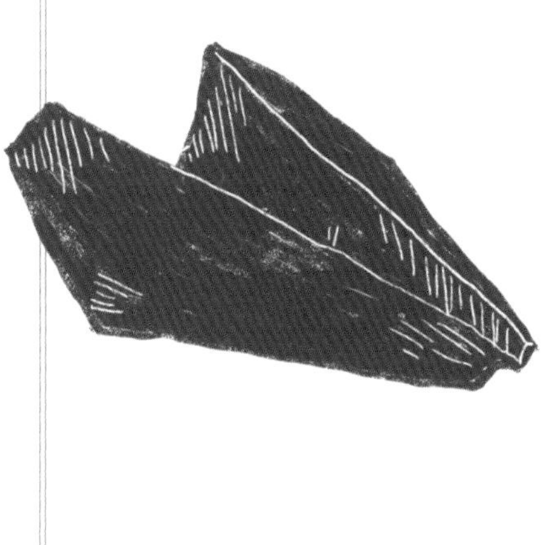

語言與文字之間的繩索

朱國珍／文．圖

朱國珍

清大中文系畢業，東華大學英美文學研究所藝術碩士。長篇小說《中央社區》獲《亞洲周刊》二〇一三年十大華文小說、第十三屆台北文學獎年金獎，原著劇本得到二〇一三年「拍台北」電影劇本獎首獎。著有長篇小說《三天》、短篇小說集《夜夜要喝長島冰茶的女人》、散文集《貓語錄》與《離奇料理》。曾任中華電視公司新聞部記者、新聞主播、節目主持人。現為廣播節目主持人。

身為母親兼創作者，針對教國中生寫作文一事，我毫不謙讓自己是個「最成功的負面案例」。常常被氣到想把孩子拖去驗DNA，究竟十三年前有沒有從醫院抱錯嬰兒回家？！

學校老師重視作文，每週認真出題訓練孩子思考。關於「週末」，兒子寫道：「星期六，我根本就是擺爛人生，整天宅在家打電腦還吃了三包泡麵，因為太無聊。」老師希望孩子們想像自己的未來，珍惜光陰莫虛度，於是大膽命題「我死前那一幕」。兒子認為「這題目聽起來好不吉利喔，有點不想寫。為什麼那麼小就要給我們寫關於很久很久以後才會發生的事啊？哪有人會假設自己怎麼死的嗎？」說到「新學期新氣象」，破題如此：「新學期要開始了，但好像上一個學期剛完馬上接到下一個學期，有點坑爹啊。」

我試著向他說明起承轉合的道理，從曹丕〈典論論文〉，講到蘇東坡〈赤壁賦〉，分析論述、閱讀、思想與感受，以至提升人生境界與曠達修養的重要性。稍後他在〈我最暢銷的書籍〉，這篇文章裡作出結語：「說實在的，我想我自己本來就不是寫書的料吧。假設這本書暢銷好了，那我應該也不知道這本爛書到底怎麼暢銷的吧！」

兒子與我無話不談，我常常在他的語言裡發現超齡智慧。他十歲時我們聊到傳家之寶，我說：「媽媽沒有珠寶傳給你，只有一隻心愛的鋼筆。」他說：「最好的傳家寶不是物品。」我問：「那是什麼？」他回答：「是榜樣」。主持大型活動前夕，我在家裡獨自彩排開場白與流程，看到我重複背稿的兒子，忍不住問：「妳會緊張嗎？」

「會。」我肯定地回答。他說：「不要緊張，不要想太多，妳很棒！」這樣在生活中觀察入微，語言精準又溫柔的孩子，為何在使用文字時，會將一篇文章寫得離題又措詞輕率，絲毫沒有任重道遠的胸襟？語言與文字之間的那條繩索，像是打了無數個死結，落筆成文，竟是哭笑不得。

文章，是個人文化素養的表達工具，從命題到組織、內容，處處條理，引喻有據，陳述主張清楚明確，最後讓讀者感動認同。寫作的過程就是思想訓練與養成的過程，雖不至於達到諾貝爾文學獎的水準，但是完整且清晰陳述意旨，是最基本的素養。然而，我最親愛的兒子，到現在還是把文字作為搞笑的工具。

我始終懷疑兒子語言與文字產生分歧的關鍵是智慧型手機。長輩贈送的國中禮物，帶領他進入電玩與圖像的世界，語言雖新奇豐富但思考簡單，文字運用越來越退化，甚至回到幼兒程度。

為了鼓勵孩子閱讀、遠離3C，家裡原本就沒電視，我每天還拖著一本書在兒子面前晃來晃去，企圖身教重於言教，卻愈來愈像孤魂漫步。為此尋求靈媒術士給予意見，神明指示：這孩子十六歲才開竅。我無奈地跟兒子說：「既然你十六歲才開竅，那麼我現在就放手不管了吧！這樣我們兩個人也開心些。」「不行！」沒想到他爽朗的回答：「妳不可以不管我，這樣我會無止盡的擺爛下去，到時就算想振作也沒機會挽救了。」

奇怪，這段話又說得擲地有聲，充分表達獨立思考能力。當時真該叫他立即提筆成文，也許就是一堂自學成功的生活作文課。

合乎常人情理的作文

陳銘磻／文

陳銘磻

曾任國小教師、廣播節目主持人、電視節目主持人、電影編劇、雜誌社總編輯、出版社發行人，現任補習班國中作文老師。曾獲中國時報第一屆報導文學優等獎。著有：《跟著谷崎潤一郎遊京阪神》、《跟著坂本龍馬晃九州》、《跟著芥川龍之介訪羅生門》、《片段作文：用對方法，作文從此海闊天空》等百部。

「作文」二字，喻指寫作文章、練習寫作。「作」動詞，指寫作；「文」名詞，指文字、文辭、文章、典章。課堂所講「作文」，便是闡釋學生學習寫作以及舞弄文墨之後，搜奇說異，隨人所知的文才表現。

作文的涵義，習慣解讀為「表達」、「傳達」，在於以文字形式轉述或記錄心裡想說的話，俗稱「有話要說」。可在教室裡，只消教師脫口「寫作文」，乍見學生臉色驟沉，無奈表情倏地翻轉。詰其原由，只因覺著作文百無聊賴，怎麼串字，好比弄了個魚頭來拆似地，無比沉重的折磨。

作文確實那麼困難嗎？不然。

西晉文人陸機專論寫作的〈文賦〉說，作文章可議之處在於：內容與形式並重、主題的感受和想像同等重要、貴在獨創、反對抄襲、發古人所未發，言前人所未言才是。

如此一說，教師指導學生作文章，包含能力培養、經驗傳達、想像力展現；遇到描述時，構思、謀篇、修辭、剪裁、文病、錯別字等，均不容忽視。尤其面對時空轉折、情節轉換，務必傳其常情、常理，否則易於淪為矯情造作、分明破綻的憑虛構象，或一番夢幻的空泛文字，就不好了。

文章既由文字組織，文字具有不同色彩、韻律與情緒的象徵，然，多數學生並未觸動到這些美感。為引發學生對文字美學興趣，有些作文老師會透過遊戲，例如，要學生從報紙標題，找出「看對眼」的字，剪下來，拼貼出一組趣味句子。又如，作文像樂高遊戲，擁有愈多「積木」（字彙、詞彙），熟練堆疊技巧，自然可運用巧思，組合出得意作品。

再說，人的內心或多或少隱含不少想說的話、想表達的各類情緒，無論這些話語或情緒屬於什麼狀態，不外是心理和生理反應。可以這樣說，人生是在生老病死的更迭中，產生無可避免的七情六慾，而七情六慾係指人類與生俱來，情感和慾望活動範疇的自然表徵。

「寫作文」不過是藉由文字記錄生活，描繪喜、怒、哀、懼、愛、惡、慾等情緒變化，繼而寫下各種情緒反應與心念迴環轉折的百態人生。

作文猶如做人，攸關人事景物、春夏秋冬、喜怒哀樂、悲歡離合等情緒變化，都與人的生活行為一樣，有歡喜萬分、任情恣性的時刻，也會有失意難堪、焦慮緊張等不愉快的時刻，這些都是人對感情體驗的情緒經驗。綜觀當前課堂的作文測驗，其題目意趣、內容導向，幾乎被界定在做情緒狀態的表述；也即，作文描繪心境、情境，尤須針對生命活動的各種態度，以及個人內在需求為媒介，把心理和生理的情緒動作，微妙而真實剖白。

作文除了是把心智、情感和靈魂裡面，最刻骨銘心的情緒意象，用文字精準傳達，對於七情六慾的動作狀況書寫，毋寧合乎常人情理，使人讀之深切有感，才是「寫作文」主要的原則！

奪回想像與創造的能力

曾琮琇／文

曾琮琇
詩人、學者，研究專長爲現代詩歌。現任教於清大中文系。著有詩集《陌生地》、學術論著《台灣當代遊戲詩論》。

不久前，受邀擔任一所高中詩歌朗誦的評審，開拔到一個遙遠，寧靜的山城。那是一個教育資源相對短缺的中學，不過，在這次的表演活動的觀賞過程裏，台灣中學生活潑、熱情的生命力卻讓我深刻地感受著。詩歌朗誦的文本，取材自瓦歷斯・諾幹、羅葉、陳黎等詩人的詩作；他們之中，有人反串為楊貴妃，有的在黑色棉T上貼上白色膠帶，時而是飛躍莽原的斑馬，時而化身為升學主義下的囚徒，他們所演示的，不僅僅是詩歌文本的立體化，更是他們對於日常生活的苦悶、壓抑，對於這個世界的欲望與想像。

我們深信，書寫是表達思維的載體，傳遞情感的工具，可是令我困惑的是，中學生的創造力與想像力，一旦落實成為語言文字，則消融於無形，兩者之間儼然形成一個「平行世界」。必須坦言，在教學現場所觀察到的大學生作品，往往是以「作文」，而非「創作」的形態出現，換言之，豐富的想像力與創造力並沒有於書寫中展現，而是與此相反，大量的套式、華麗而貧乏的詞藻、道德規訓。這樣的現象似乎有日趨嚴重的傾向，我們當然可以歸咎於視覺、網路媒體導致語言能力弱化，然而，某種程度上，這不能不說是「命題作文」續延，即在十二年寫作教育的過程中，一方面書寫者被訓練必須為讀者（批閱者）而寫，以自己之意，揣測批閱者之志，生產出道貌岸然，政治正確但邏輯不通的話語；另一方面，在國文課的道德教育凌駕於文學教育的框架下，書寫者「順理成章」地將道德等同為中文，將創作與作文畫上等號。而「框架—作文」所構成的生產關係，其實正是蠶食鯨吞想像力與創造力的關節點，一步一步把生命推離生命的血肉，推離生活的本質，而推往道德規範的高閣。說到底，這並不能說是書寫者的失敗，而是語文教育體制的失敗。

因此，要取回原本的想像力與創造力，讓想像與創造的能力根植於文學的土壤，如何走出僵化的語文教育體制，變得越來越重要，尤其在社會形態與語境遽變的情況下。借用魯迅的話：「其實地上本沒有路，走的人多了，也便成了路」，儘管沒有路的路不好走，儘管還有很遙遠的路要走。

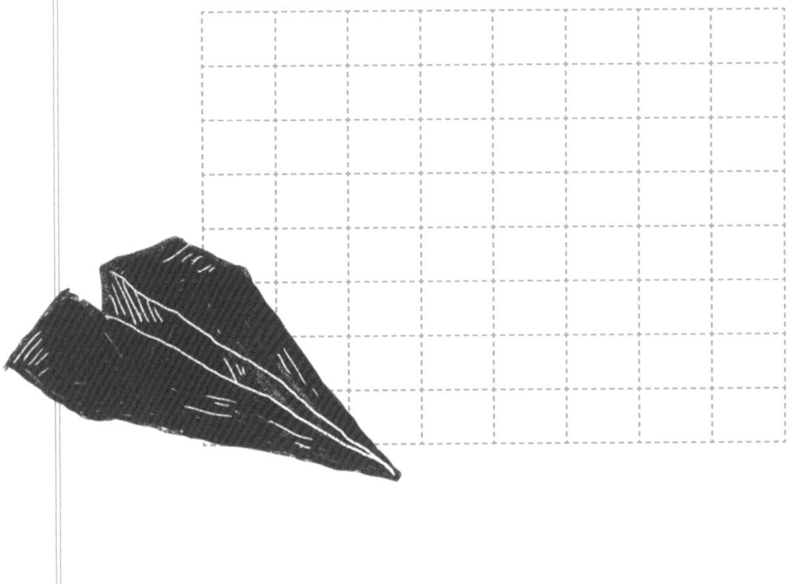

延伸閱讀

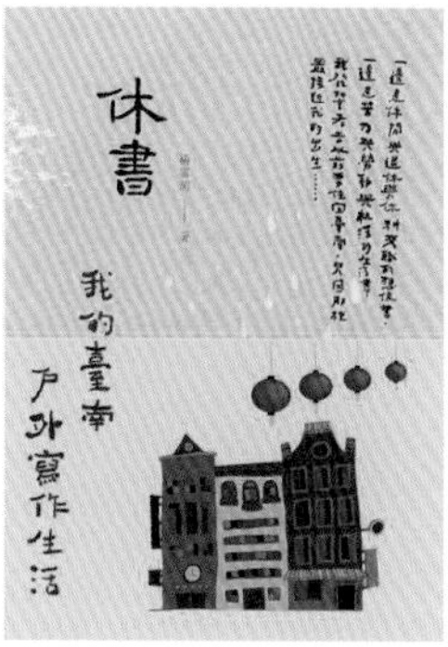

《邦查女孩》
甘耀明／著
寶瓶文化｜2015 年 5 月

《休書：我的臺南戶外寫作生活》
楊富閔／著
遠景出版社｜2014 年 9 月

《中央社區》
朱國珍 ／著
印刻｜2013 年 12 月

《離奇料理》
朱國珍／著
二魚文化｜2014 年 12 月

《片段作文：用對方法，作文從此海闊天空》
陳銘磻／著
聯合文學｜2015 年 7 月

《陌生地》
曾琮琇／著
桂冠圖書｜2003 年 11 月

第八課

高校生的秘密戰鬥

高校生心目中理想課文直擊！單挑課本不會懂的學生專屬品味

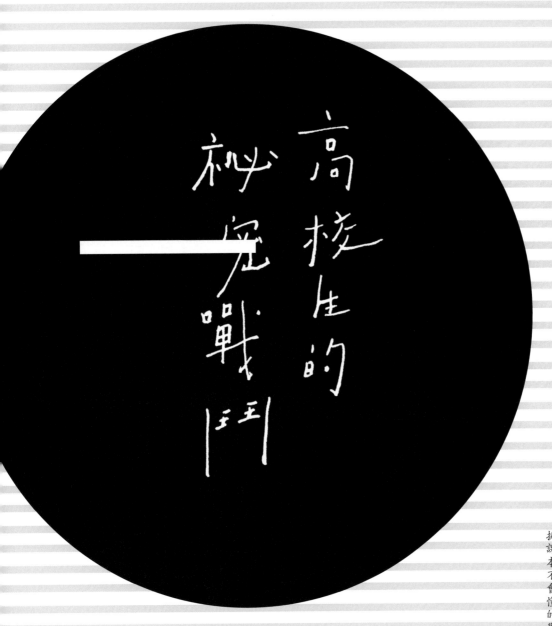

簡 均 倢

蔣 聖 謙

選 於千萬人之中，遇見你所遇見的人

簡均倢／文・圖

張愛玲《第一爐香》

十七歲的我們，嚮往著在圍牆尖塔外蔚藍的天和雲，憧憬著如電影《那些年》般純真無邪的青春戀曲。青春的愛戀如咖啡中淡淡的牛奶漣漪，苦澀中有隱隱的醇，回首總是青澀充盈於懷。本該是揮灑的青春的年紀，卻又在愛情的十字路口徬徨失措，焦急的我們四處收集感情的建議，卻無法在國文課本中找到屬於高中生的天真浪漫，若國文課本裡有描述少女心境的文章，面對感情的我們或許能在十七歲的扉頁寫下不一樣的記憶，而《第一爐香》是我腦海中閃過的首選。

《第一爐香》描繪著屬於香港最璀璨而荒唐的年代中，一段千瘡百孔的戀曲。本以為十七歲的初戀是宛如芒果青的酸甜青澀，或是兩小無猜在「年輕」的小宇宙中立下的海誓山盟，但，美夢般的想像卻幻滅在一句句看似輕柔卻刺骨銘心的語句中。小說女主人公葛薇龍恰恰跟我們同歲，沒有維特的煩惱，卻如茱麗葉般為愛奮不顧身，看著她在愛情和現實的漩渦中翻騰，雖然處在完全不同的時代和背景，我們仍能對薇龍的處境感同身受，在高中時期對愛情的窺探和好奇恰能在這篇文章中找到共鳴。

本該單純的青春被尚未成熟的愛戀扭曲，我們的思念應是輕如柳絮，甚至有許多是柏拉圖式的愛情。但面對剛萌芽的戀情，少女們一頭熱地陷入盲目的迷失中，為了小小的口角失魂落魄，想著已讀不回的他是否變心了，分手就好像是天塌下來似的，可以因此茶不思飯不想，甚至傷害自己以博取對方的心軟回頭。我們為之垂淚涕泣，十七歲的孤寂感是無盡的深淵，像帶刺的玫瑰卻渴望有人懂的心裡的那份矛盾。第一爐香的年代是頹靡的，愛情是晦暗複雜的，姑媽與薇龍是互利共生的存在，我們對姑媽咬牙切齒，視她為迫害夢幻愛情的猛獸，卻又在她身上看見可憐之處，觸動十七歲的惻隱之心。是悲憫而非憐憫，悲憫是見其可悲至於反思己身，而可憐在少女身上的唯一解讀只有楚楚可憐。薇龍和琪喬之間的相處更是眾多情侶的寫照。他們之間存在的並不是單純的愛情，而是與現實悖離的英雄式崇拜。薇龍愛上的是有勇氣違抗姑媽的喬琪喬，觸動我們那顆希望受保護的內心，因為十七歲的愛戀不需要長相廝守的承諾，一點熱情和勇氣便可引燃熊熊烈火。蠻橫地佔據是孩子氣的展現，得不到的最美是我們作繭自縛的原罪，不願放手的彼此畫成傷痕和淚水。我為薇龍的單純癡傻動容，也為她不求回報的奉獻感到不值。心想著十七歲的我們對愛情有多少勇氣，是如 Frida Kahlo 無止盡的容忍，還是擁有抛開一切的堅決。第一爐香對少女而言愛得不夠乾脆瀟灑，放棄節操的犧牲傻得可憐，卻是曲折揪心得令人無法自拔，對大人而言愛得太過隱晦複雜，物質和麵包的抉擇不過是一比一的機率，幻想感性只是作料，加多加少只是鹹淡不一，本質毫無改變。

於是香滅了，我們卻在香灰中尋出自己的理路，不需要注釋題解，是如抽身進入那個時代和年紀的身歷其境。「於千萬人之中，遇見你所遇見的人，於千萬年之中，時間的無涯荒野裡，沒有早一步，也沒有晚一步，剛巧趕上了。」十七歲，我們依舊在追尋屬於我們的小時代。我們跌跌撞撞、亦步亦趨，看似對純純的愛執著不已，甚至近乎鑽牛角尖。但，這是專屬於我們的十七歲，我們用青春認真度過這一年，不願一絲苟且。於是我們的十七歲在自己的沉香中，隱隱飄香。

簡均倢

目前就讀於北一女中高二，天秤座的我追求優雅端莊的生活哲學，熱愛張愛玲華麗而蒼涼的文筆，願望是能用文章尋找到懂自己的人，以及吃遍天下珍奇美食。

遺珠之憾

〈東番記〉與〈紀水沙連〉

蔣聖謙／文

曾經，有位文人，在荷蘭人尚未踏上美麗之島前，便早已登上西海岸，記錄下平埔族的生活風俗；曾經，在仍視高山為化外的清代，有位文人，進入了邵族人們的居住地帶，寫下了日月潭一帶三百年前的風光。二〇一五年，課綱微調的怒火延燒全台，除就針對黑箱程序上的譴責，亦有不少見解，是針對課綱內容上，過於中國化、輕視台灣主體性的批判。但曾經有這麼兩篇記錄台灣文化的文章，的的確確，曾經出現在高中生的國文課本裡，它們便是〈東番記〉與〈紀水沙連〉，兩篇極富意義的作品。

筆者第一次與〈東番記〉及〈紀水沙連〉的接觸，是在歷史課上，對那陌生名詞的想像。還記得，在壓得喘不過氣的趕課中，歷史老師稍稍帶過了「明代陳第，寫下了第一篇記錄臺灣風土的著作」；「藍鼎元，曾進入邵族部落寫下〈紀水沙連〉」幾段內容。僅僅只是匆匆帶過的歷史名詞，我不禁好奇這些文章究竟寫了什麼，是敘述了什麼，能讓它們足以在文學與歷史中佔有一席之地？是什麼內容，能讓它們成了老師口中「研究台灣原住民的珍貴資料」。於是，點開網路的搜尋引擎，快速的輸入幾個關鍵字，我第一次為眼前的文字所見而震撼，第一次為它們的存在，而感到驚嘆。

〈東番記〉一文，清晰描繪了平埔族的生活，將族群的分布、風俗、婚喪、社會制度等等，一一客觀而鉅細靡遺的羅列於上；〈紀水沙連〉一文，儘管篇幅不及「東番記」，然而就對「水沙連」（日月潭）一帶的自然風光與邵族生活的紀錄，亦是忠實而不失其短。想像與平埔族一同生活，在豐饒的大地上耕作，農忙之餘共飲斗酒，向祖靈祈禱著豐收；想像自己優游在水沙連的世界裡，望向拉魯島與一片氤氳的湖澤，與當地住民高歌一曲，縱情其中。從閱讀中，將歷史與文化的想像，從死氣沉沉的專有名詞中脱胎出來，用心浸淫在一段接著一段細膩描繪的世界。我這才了解，原來學習，能如此迷人，原來在漢人尚未侵門踏戶前，曾有過這樣的社會出現在婆娑之島上。

而兩文末段對所見所聞的點評，則更具歷史教育的價值。〈東番記〉中，對於平埔族文化的敘述，讚嘆著「其無懷、葛天之民乎？」其後又稱「自通中國，頗有悅好，姦人又以濫惡之物欺之，彼亦漸悟，恐淳樸日散矣。」不似大中國思想的儒生，總希望得以教化蠻夷戎狄，陳第的憂慮，或許也能呼應當代教育上所强調「尊重與多元」。〈紀水沙連〉則較偏向傳統儒生的觀點，藍鼎元認為「所望當局諸君子，修德化綸浹其肌膚。」然而，這其中亦足以提供學生反思的價值，互動式的與學生辯論批判史料當中的解釋，亦足以訓練學生獨立思考之用。透過翻轉漢人中心思想，我們得以深入思索多元文化的價值，再多的口號，也不及親身閱讀、探索，瞭解多元文化的真諦。

很可惜，三年前通過的「一〇一課綱」，刪掉了這兩篇作品，如今的高中生，在升學引導教學的環境下，也極難親自去閱讀兩篇文章的內容。或許未來的國文課本，選取的古文標準並非得是典重、流利、大道，在臺灣文化的層面上，也許能有空間，能容納這一兩篇文章，正如曾經的九八課綱，試著擴增台灣古典文學在國文課本的比例，供莘莘學子親自去感受臺灣環境的流變與風貌，理解我們的這塊土地，與土地上的人們、故事。我想，這方是所謂「文章」更實用的功能吧！

蔣聖謙

雄中應屆畢業生，曾任鄉土文化研究社社長，高中時曾對學生自治與社會議題抱有相當大的熱忱，但隨著年紀增長，見識與經歷增廣，卻發現熾熱的心早已冷卻，對未來早已失去憧憬與熱情。即使如此，總希望自己還能爲這個社會貢獻點什麼。

第九課

國文老師的衷腸曲

陳嘉英
林麗雯
詹筌亦

國文怎麼教？文學真的學得會嗎？資深教師與新手老師的課堂心底話，迸撞教學幕後的思考火光

【教師心聲】

國文教學之困與變

陳嘉英／文

國文教學之困

高中國文課本由統編本，到一綱多本政策開放民間出版商邀請大學教授、高中老師編寫教材之審定本，不同的理念與選文一時間形成教科書的多樣化。隨著銷售業績的爭奪戰，所燃起配套聲光文字的輔材競爭、各顯神通之參考書戰術，讓老師們擁有源源不絕的豐富教學資料，學生則得到選文延伸的閱讀資源、應考整理。

所謂「水能載舟，亦能覆舟」，教科書出版商提供完整的備課用書、方便的命題光碟、電子講義、影像簡報、翻譯隨身讀，和與時俱進的問題設計、心智圖表，無形中導致教者照本宣科教而不變，學者囫圇吞棗學而不思，迷失於被框架的內容、被標準化的解說，以及排山倒海的考題之中。

歷經多次調整的課綱，使國文課本選文從九十五年四十篇古文，到一〇一年後改為核心古文三十篇，其間展演的情節集中於文言白話比例、台灣古典散文篇數之消長的爭議，以及學測指考等大型考試命題比率，更讓高中國文學習侷限於備受關注的三十篇古文，教學重心也因此被綑綁於其間。

相較於大陸編排上分實用類選文與文學類，採專題式設計，收納現代散文、古典散文與翻譯作品，新加坡各校老師依課綱自編分級教材，在教學上以學生自學、課堂激發思辨為主進行討論。目前我們偏重核心選文、課堂講授的方式，在因應未來世界，培養學生思考論述、表達創造的能力上顯然不足。

國文教學之變

十二年一貫以「成就每一個孩子——適性揚才、終身學習」為願景，為承接九年一貫「課程綱要取代課程標準，學生學習中心取代學科本位傳授，學科本位設計取代統一課程設計」，高中開展出各式各樣的特色課、選修課，加之以一〇七年課綱所揭示適量的空白課程、教材的選擇和編輯、課程的彈性安排與教學的計畫，賦予學校和教師發展空間。以下逐一說明國文教學因此形成的改變：

（一）教學理念之變

國文向來以培養人文素養，涵詠精神品德為根本，故課堂上極力點染文學美感與抒情傳統，著墨於建立正確生命態度。然而多元化的未來世界，充塞著相對的立場主張，國文選文與教學既要說解傳統思維，也必須傾聽當代的聲音，尤其在網路資訊豐沛的情況下，更該加强思辨邏輯推理。因為教科書不再是知識的載體，課本的選文一如網路所見的資訊是材料而非知識，課堂上的教學是將材料建構為知識、證明材料之所以為知識進而形成概念的過程，如此具統整性的教學才能提高學習興趣，培養及知識的可應用性。

（二）課程內容之變

或許課本的選文仍限於結構性的規範，但老師們運用選修課發揮對國文課的種種想像，如開設以經典文本為主文學欣賞：古典散文閱讀、現代散文選讀、古典小說選讀、現代小說選讀、新詩鑑賞、從世界名著認識世界文化等。結合生活閱讀與創作：區域文學、現代樂府（流行歌曲）探究、家族書寫、旅行文學、飲食文選、踏查書寫。或者跨領域類研究與報導：小說與電影、記錄片欣賞與分析、出版報導、廣告媒體、新聞報導、流行文化研究、科普閱讀、醫療文選……擴大了文學範疇，活潑了閱讀的面相。

（三）教學形式之變

在「教少學多」的原則下，國文課遠離了「講光抄」的獨腳戲，進入「讀思談」的衆聲喧嘩。課堂上根據學習者為中心的概念，關注的是學生如何學會，因此透過個人閱讀思考、小組討論集思廣益，依各人選擇研究方向與表達方式來呈現分析，輔以行動載具的運用，讓教學不再侷限於課本，答案不再有唯一標準，評量不再只是單一紙筆，方向不再統一，而是更具個人化、推演式的學習狀態。

（四）教學策略之變

以往的國文教學著重於字音、字義、段意、篇章、修辭、國學常識，現在則融入閱讀策略。教學上以引導學生自學，掌握學習重點為基礎，老師依閱讀理解詮釋、統整、推測、分析四個層次設計問題。課堂上師生共同討論整理歸納，釐清觀點，繼而加入延伸資料、網上搜尋材料、形成觀點、發表評議等步驟，昇化理性思辨的論述能力，俾使學生能將材料轉化為知識，由辯證將知識鎔鑄為想法。

教育應該通往未來

教育是為培養未來的人才，因此變，是本然。

儘管國文課本有其不變的原則與內涵，但變的想法與嘗試能夠帶領教學突破困境，老師若能有計畫地導入閱讀策略、教學設計，融合文學、文化研究或跨領域主題延續深耕，同時結合網路資訊、多元選修，深信能讓國文課堂既出古入今針砭現實、觀照人性，藉此激發學生主動、積極、獨立的學習潛能，培養系統思考與多元識見。

陳嘉英

國立景美女中語文資優班導師、台北市國教輔導團輔導教師、國文學科中心指導教師，曾榮獲師鐸獎、台北教師會第六屆 SUPER 教師獎等。耕耘國文教學，經常至各級學校進行分享，專精國文鑑賞教學，不論古今中外，各類文章，總能切中肯綮，直指核心。著有《凝視古典美學：高中古文鑑賞篇》、《感官獨奏與越界：打造創意的版圖》、《作文課上加減乘除：理性與感性的創意敘寫》、《作文即時通：從立意取材到錦字繡句》、《石中英作品選註》等，並編有《未竟的文學之旅：景美女中42屆語文班作品集》、《課堂外的風景：散文選讀》、《悅讀飛行：散文選讀》、《古京・今汨：2007景美女中語文班北京行》、《凝視人間圖像——現代小說》、《聽見原鄉的聲音：語文班原住民服務》、《意識・20：景美女中第四屆語文實驗班作品集》等多種。

【教師心聲】

國文教學方程式

林麗雯／文

教學路，猶如改戲目

執教高中國文多年，歷經一綱一本、一綱多本、核心古文四十篇、核心古文三十篇……種種政策變化，五年一改，三年一調，每部改革大戲彷彿都被拍成了極短篇、單元劇，兩天忘了收看，下一齣新戲也不相扞格。反正導演天天換想法，編劇常常改戲路，演員也只好自求多福了。

我們能理解所有的改革，都是從現實問題出發，並試著解決。解決的過程難免有衝突、對立，但總會趨向調節、平衡。只是，自教改以來，身居第一現場的教師，感受到的，只是新舊問題不斷疊沓而來，卻等不到調節平衡的那一日。問題到底在哪裡？

國文教學的三個困境

在中學教育體系中，教師是相對被動的成員，我們是政策的遵循者。遺憾的是，多年來，我們卻搜索不到教育政策確切的核心理念，而長期陷溺在莫衷一是的教學困境裡。以國文科而言，在決策者眼中，國文是根基學科嗎？國文和外國語文一樣，只是主訴於聽說讀寫的應用而已嗎？抑或在語文應用之外，還背負培養思考批判能力、陶冶情意美感境界的責任呢？身為第一線教師，實在想釐清己的職責定位並得到應有的支持。如果國文教學涵蓋了知、情、意的養成重任，那麼，是不是該給予相對合理的學分時數，讓老師可以充分地教授，否則，國文科又與外語科何異呢？政策的綆短汲深，是困境之一。

當社會驚覺青少年國文能力急遽退化之時，其實國文老師更清楚感受到，不只是應用能力，而是真善美的知感力一併淪陷。上游單位的因應之道是挾升學計分排序以治標，下游教師則是力思創新教法以突圍。政策不定是根源的問題，而根源的模稜導致下游的紊亂。近年來，創新教學方法排闥而出，「教學共同體」、「差異化教學」、「適性教學」、「協同教學」、「翻轉教室」……，沸沸揚揚，每一種持論的背後都藏著可貴的理念和熱忱，但也使人目不暇給。聲量小些的，一閃而逝；聲氣大些的，唯我獨尊。來來去去之間，內力足一點的老師，理解那是「教亦多術」中的一項善術；但定力稍欠的，則陷入可怕的認知錯亂，在一張又一張的自學單、回饋單、記錄表、互評表中迷途，在各自成說的創新教學法中迷惘。方法的浮躁紛亂，是困境之二。

前不久，在街里巷弄小攤吃麵，對桌約莫國小五年級女童正埋頭喝湯，身後女童母親及鄰人站著聊天，主題是補習，數學、英文外加「國學」，我一時誤聽成「佛學」，詢問之後，被二位媽媽嘲笑怎麼可能是佛學，佛學又不考！我大吃一驚，繼文法、修辭之後，國學也逆滲透到小學界了！難不成高中生國文程度低落，起因於小學時「不務正業」？這樣的學習環境未免也太不友善、太不快樂了，為了升學斤斤計較、操之過急，無異殺雞取卵，提早扼殺學習興趣。試問，小學就嚐遍米其林餐廳，長大還有什麼滋味？至於高中國文，因一綱多本的政策，造成各版本的惡性行銷競爭，在課本之外，包裹了課外補充教材、語文練習、寫作訓練、現代詩文選……等讀本，套裝搭配，老師在教學上不忍割愛，只好以有涯逐無涯，以吃到飽的精神奮戰。氛圍的貪多騖得，是困境之三。

打開大語文的視界

考試領導教學，分數在哪裡，重點就在哪裡。當應試作文成了升學重點，現代八股文必然因應而生，「蘇文生吃菜根，蘇文熟吃羊肉」的科考現象古今皆然。如果地狹人稠的台灣，在環境因素或心理因素實在避不開升學競爭制度，那麼，就接受它吧！但是，教育不能只是為升學服務，才是更重要的理念。應試教學是教育環境中不可切割的部分，但它不是全部，國文教學應該還有更豐美的領域。

千禧年出生的二十一世紀新生兒即將進入高中，他們是3C年代的人類，理解圖像敏銳過理解文字、滑點書寫勝過執筆書寫、撞擊性思考多於結構性思考、聆聽別人的歌聲勝於了解自己的聲情……他們正在形成自己的語言文化，這是演化的現實，那麼就悅納它吧！然而，國文老師其實不必太氣餒，我們可以更有自信地了解到，結綵一樹之花不如一核。新一代文化如同樹梢頭的花朵，再繁彩，都不能沒有根柢。強固根柢反而成了我們的超級任務，這個任務的藍圖來自於「大語文」概念。

如何讓高中生重新認識自己成長後的聲音、表現文字的聲情，這是可以積極開發的環節；如何透過3C媒介置入古典元素，也是值得嚐試的創思；如何讓只愛聽故事和笑話的年輕耳朵，也聽得下硬道理，這是該有的訓練；如何讓寫得好應試作文的筆，也能寫得出性靈小品，這是多元的期許。……國文領域何其大，充滿無限可能。

建構式數學可以解題，九九乘法也可以解題。方法多端，用「異化」的思維來創新施教方法，來迎接多變世代，來守護根柢價值，是國文教學的不敗方程式。

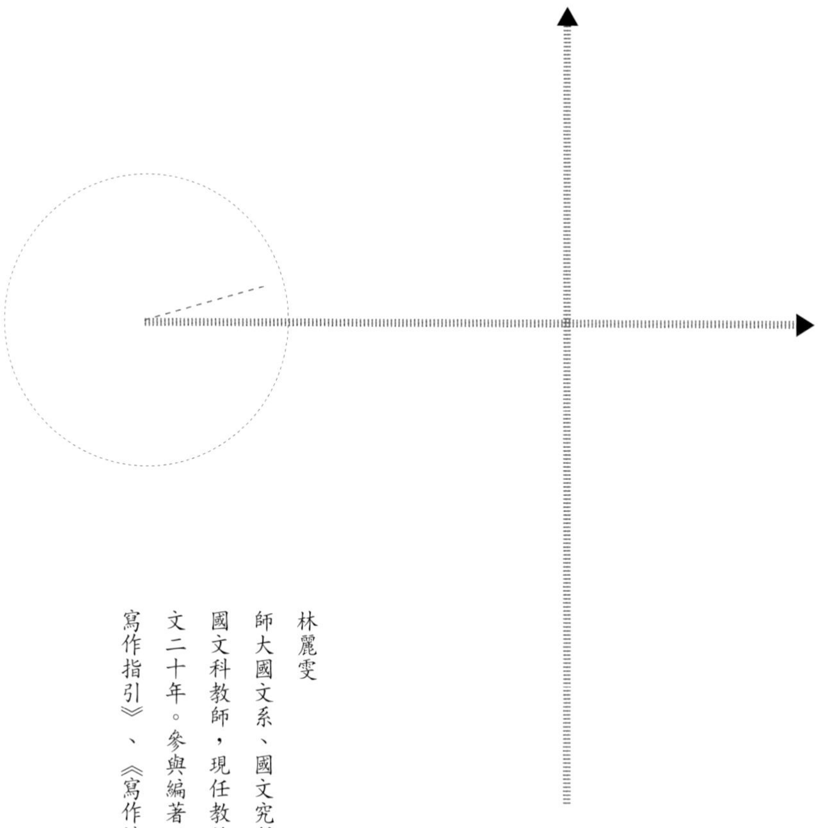

林麗雯

師大國文系、國文究所畢業。曾任台北市立和平高中國文科教師，現任教於北一女中國文科，執教高中國文二十年。參與編著：《新詩遊樂園》、《精進大學寫作指引》、《寫作這件事：北一女的青春書寫》。

【教師心聲】

何來標準？誰是答案？

詹筌亦／文

在升學考試前的存亡之秋，對學生而言正是生死交關的時刻。那一天的課堂，學生們和我偶然地來到了永和九年「天朗氣清，惠風和暢」的修禊日。這一天的王羲之，透過〈蘭亭集序〉告訴了千載後的我們「死生亦大矣」的意義，即便身處亂世之中，縱然生命朝不保夕，也要積極面對，活在當下，找到並創造生命的意義，因為「修短隨化，終期於盡」，我們無法逆料生命的大限何時來到，王羲之的悲來自生死無常，今天活著，不代表明天仍然活著；即使身邊四十位友人今日酣觴賦詩，但筵席終究會散，也許約定明年此時再相聚，可是明年此時還在的能有幾人？真能相見的又有幾人？

於是那個當下，我向同學們說了一個故事：一位優秀的實美術科習同事H，很有才華、開過畫展、性格亦佳，是擁有無限前程的人啊。去年實習後、入伍前我們聚會時，才相約退伍後要再聚首暢談。而現在就是約定的時間了，但H卻永遠地離開了我們。這種驚訝、悲慟與不捨，難以言喻。

看著學生們的眼神從迷惘到泛紅，我想對H說聲謝謝，因為你，使我們更瞭解這一課；因為你，讓我們更瞭解死亡從來就不在遠方。於是活著的我們，在死亡的身邊，更應該把握活著的時刻，揮毫留下自己存在過的意義與證據。因為向死，所以而生。透過千載前的王羲之和當代的人的故事，學生們和我看到了生命值得珍視之處，瞭解生命的意義。

這是我最期待的國文課樣貌，帶領學生理解作者的深意，並與個人經驗結合，用當代的視域解讀古人的文章，讓我們同情共感，使我們知道這一刻的感受，曾經也有人感受過，讓我們觀看著他們走過的路、用過的方法，經過判斷思考，找到一條適合自己的路與方法。或者退一步說，看到有人能把自己的感受精準地以文字書寫呈現，也許就是一種救贖與寬慰了。

於是，在我的課堂上，我期待的不是一個可以讓我盡情講話的舞台，而是一個可以與學生交流、討論與思考的平台，帶著學生們閱讀、理解、提出問題、嘗試回答問題，要有自己的想法，而這個想法必須有一個解釋，也許在解釋自己想法的過程中，也回應了一些生命的疑惑。看著學生們勇於提出疑問，發表自己的看法，我不只感動，更多的是期許；能有這樣的閱讀理解與提問反思能力，才是真正能夠帶得走的能力，才是將來面對各種問題時，能夠解決問題的能力，不管是個人情緒的問題，或是工作知識的問題，甚至是人生抉擇的問題。

但在我的課堂上，還是會有學生問：「老師，注釋要不要背？」每當這樣的一刻，我會微笑著回答：「理解意思比較重要，不用逐字逐句背誦。」但其實，我知道學生想問的是：「這一題考試會不會考？」可是，如果學生真能明白范仲淹「不以物喜，不以己悲」的曠達情懷，那麼他們就不會因為班級排名第一而欣喜若狂，也不會為著被當的科目感到難過悲傷；如果學生真能理解蘇軾「逝者如斯，而未嘗往也；盈虛者如彼，而卒莫消長也」的變與不變之理，那麼他們就不會執著於那一分而斤斤計較，為了某個選項的對與不對而脣槍舌戰，為的不是真理，而是那帳面上的數字。

也曾有學生說：「反正國文上課教的，考試都不會考。」乍聞此言我啞然失笑，我知道學生不是針對我，而是認為比起數學、物理或是歷史、地理而言，國文考題大多是課外內容，老師上課所講的只佔了考題的一小部分，就投資報酬率而言，實在不及其他科目，然而學生的話依舊讓我不禁懷疑起自己上課時到底在教什麼？一問卻如結實賞了自己一耳光——「原來我還是為了考試在教學啊。」當我和學生分享「死生亦大矣」、「脩短隨化」的當下，在回答學生只要理解不需死背的那一刻，擔憂他們究竟是否真能體悟文本深意時，我還是在意學生的分數。

如果孔子所言「因材施教」是可遵循的原則，

我們為何要執著於一個標準答案？又真有所謂的「標準答案」嗎？侯文詠在《不乖：比標準答案更重要的事》中曾提及一件趣事：兒子就讀的學校正好以侯文詠的文章出題製成考卷，竟連作者侯文詠本人來寫都只能拿到八十七分。若是侯文詠堅持一點，那麼標準答案是否有可能依著作者的意見更改呢？但在這個故事中，如果我們能更深切地反省，那麼我們想知道的不會是正確答案是什麼，而是判斷答案正確與否的標準究竟是什麼？如果連作者寫以自己文章為內容的題目都會寫錯，那又有誰的答案可以說是「正確」的呢？

於是，我發現，當我們的國文課被考試綁架後，文本所能帶給學生的感受與意義，竟然不及一個「正確答案」、一句「考試會考」以及那一分兩分來得重要；於是，在課堂的問答、討論與思考過後，學生的桌上仍然出現了國文補充講義以及各課測驗卷、複習卷……。

？

詹筌亦

彰化人。政治大學中國文學系碩士。現任鹿港高中國文教師，致力於思考如何有效教學，嘗試各種教學法，與王清平等諸位老師合著《改變你對國文的教與學（二）——用心智圖讀國文》。喜好閱讀與教學，樂於推廣閱讀與提昇閱讀素養，願能讓更多學生發現文學中的哲思與美好。

第十課

青春高校 革命基地

大人的決定，爲什麼我們得買單？兩所高校精彩桌邊對談，自己的國文課自己救！

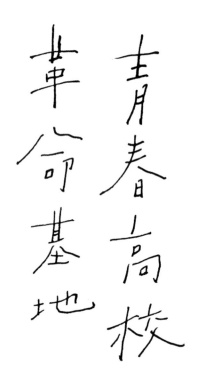

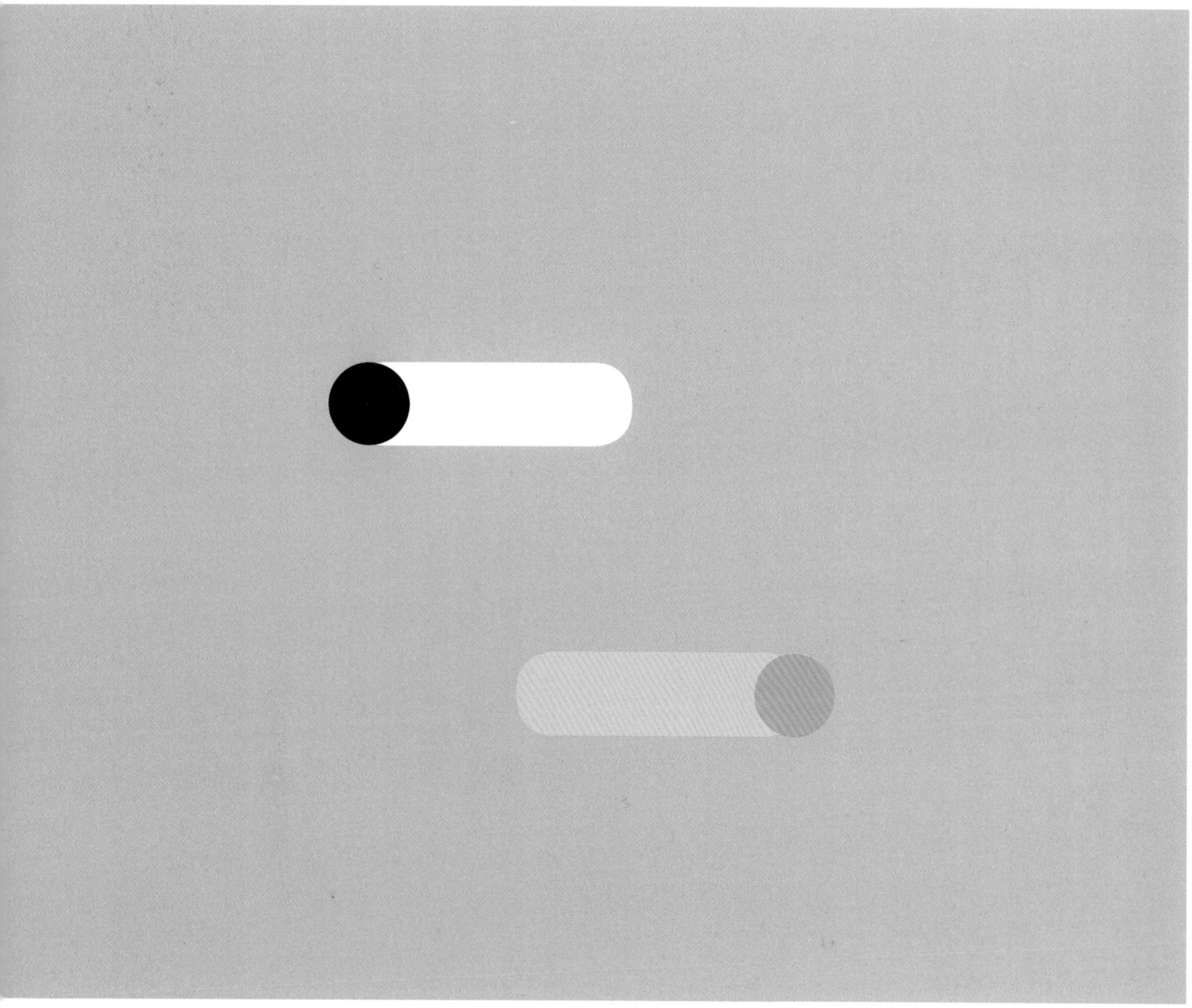

對談・建中青年社 X 附中青年社

國文課本沒教的事

柯蘿緹／採訪撰文
陳佩芸／攝影

楊雅晴
附中青年美編　升高三

黃玟嵐
附中青年社長　升高三

鐘林盼
附中青年主編　升高三

游博翔
建中青年文編　升高二

林翰廷
建中青年公關　升高二

吳孟學
建中青年執編　升高三

台灣各高中的校刊社歷來是孕育藝文人才的一大搖籃。有句話說：校刊是校園的良知。除了藝文交流功能，具有媒體本質的校刊社往往也扮演著散播新知與監督者的角色。隨著師大附中與建國中學同學們面對面的交流，藉由校刊社同學的青春之眼，帶我們換位檢視課綱與國文課本的缺失——國文課本沒教的事，就讓我們以青春代敘吧！

大人要我們學的，是這樣的國文？

黃玟嵐（以下簡稱黃）：

現在上的國文課，坦白說，老師上課的方式不太能引起興趣，可能上半節課狂寫黑板，下半節課就把抄好的東西唸一遍。老師對白話文作品的態度，大概就是「略過」，認為白話文簡單，不需要解釋，叫同學自己看。

鐘林盼（以下簡稱盼）：

我上過語文資優班的國文課，體驗有所不同。我遇到的老師反而喜歡現代文學，給了我們很多課本上沒有的現代文學史觀念。以考試為目標的人或許覺得沒有太大幫助，但相反地，如果上這堂課的目的不只是為了考試，而放眼如何透過文學作品面對人生或看見世界，就別有一番感受。

楊雅晴（以下簡稱楊）：

我遇過一位熱愛中國文學傳統、獨鍾文言文的老師，遇到現代文學她幾乎都是迅速帶過；我也遇過某位令我印象深刻的老師，有次教到白先勇的〈國葬〉，她論及許多現代小說寫作手法，使我眼界大開。這兩位老師性別相同、年齡相仿，卻展現截然不同的教學風格，很有意思！

對文學的求知癮

盼：

我不明白，國文課本為什麼不收同志文學？不多一點原住民文學？有海洋文學，但一直都是廖鴻基或者夏曼藍波安。還有現代詩的選錄應該可以更新了吧，許多更優秀的詩人與作品被忽略這麼久，真的很可惜。

游博翔（以下簡稱游）：

我覺得，真正的中國文學應該要多元呈現，諸子百家，不應該只存在以儒家思想為主要價值概念的選文。只專注在為了考試的修辭，我無法認同這樣的作法，國語文教育的意義應該是傳達文化並與社會互動，單一的樣貌無法反應真實並呼應社會。現代文學的重要性則被刻意降低，不選切合普遍經驗或社會態勢的作品。例如老師跟我們說「強摘的果子不甜」，要我們約束人自然的情感而不要輕易戀愛，這種脫離社會經驗和個人體會的思路，可謂與時代脫節。無論古文或現代文學，整體選文都不夠多元，這樣的結果只會讓學生對語文學習失去熱情。

吳孟學（以下簡稱吳）：

我想，無論任何形式的文學，只要放入自身的體會，真誠詮釋文章，即使是儒家思想為主軸的選文，還是有老師能教得吸引人，只要老師能教得好，即使是一本課本，也可改變、影響歷史。我最介意的其實不是選文排擠效應，而是背後的意識形態，不樂見國文這門課因此向下沉淪。現在的老師讓我缺乏熱情，即使有空間，但也都屬有限。

微調課綱議題＝師生對抗陣線？

盼：

會真的跟我們討論課綱的老師，以歷史或公民科居多，也許，他們對歷史建構或思想潛移默化的憂心感觸較深刻吧！令人印象深刻的是，課綱微調小組裡居然有許多非專業領域人士參與，甚至不透明作業以及檢核人員超越權限的作為，都令人詫異。

吳：

我們的國文、歷史、地理老師則沒提，有的老師說：改不改於我無關，不管課綱怎麼改，我課照教。聽起來頗有霸氣，或許老師們心中自有一把尺。

游：

我曾參與課綱微調相關活動，然後被老師約談關切，老師不能理解我有何不滿。我回答說，老師你的上課方式我可以接受，但最根本的教材沒有改變，無法引起學生的學習興趣。老師則說，經典之所以是經典必有其價值，非現代人說改就改。我覺得價值必定存在，但過於單一且無法順應時代潮流，也未必沒有變換的空間。但某些老師似乎覺得

儒家道統不可取代。

林翰廷（以下簡稱林）：

老師的頂頭上司是教育部，或許他們也不希望被記名。我也遇過有老師不見得會在課堂上高調發表意見，但課堂之外其實還是願意和學生討論。

一本讓人快樂的國文課本

黃：

希望封面找王志弘設計（笑）。但當我們看到瀟灑風流的鄭板橋肖像時，差點就要崩潰。另外，我們用的版本對於《紅樓夢》這一課的排版很活潑，我覺得可以依據不同文本調整排版方式，而非一成不變。（林：課本裡要有幾米的插畫啦！）

游：

從內容的角度，我主張沒有國文課本，因為文學不應該輕易被一本課本定義。只要開書單給我們就好，可以有大方向，但不要侷限，用概念導向的書單取代課本，反而能引起我的興趣。

吳：

我希望課本內容不要有額外的解釋和賞析，讓我們直接面對原典，培養識讀與理解力，而不是受到標準答案的箝制。

林：

理想的課本，應該可以寬容涵納不同領域和文

類，例如科普文本、戲劇腳本，只要是藉由文字產生的文本都可以被納入架構。

盼：

我覺得可以改變文學課文排序，按照文學史編年，三個年級分別按時間軸運行一遍，同時顧及文學與史觀。此外，選文還是期待現代文學能多放一點，究竟哪一天才能在課本裡讀到王定國、吳明益呢？還有，選陳列老選他的爬山而不選獄中記，選白先勇不選他的同志文學，《紅樓夢》永遠只選劉姥姥，以至於講到《西遊記》大家只知道群魔大戰，講到《紅樓夢》只反射聯想到多角戀情。

吳：

無論是古典或現代，各種文類的選文缺乏清楚脈絡，這樣的情形讓學生無法對這門學科看得更清晰，進而抵達更深一層的境界，希望全民包括核心人士都能正視此問題。

柯蘿緹
生長於蘇澳馬賽。宜蘭高中、清華中文系、東華創英所 MFA 畢業。足跡曾至菲律賓呂宋島，加拿大東西岸。著有詩集《無心之人》（唐山出版），作品散見D槽。

第十一課

課本以外被遺漏的文學

小說家銳利剖析、文化人三方對談，指點你課本不會教的關鍵文本，揭開隱而未發的價值選擇

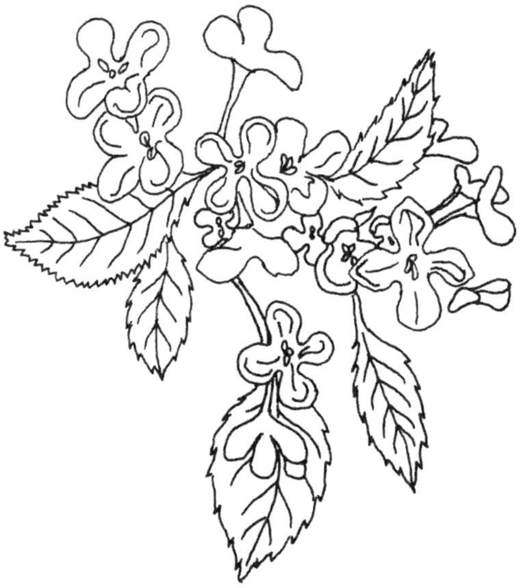

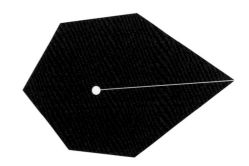

張　貴　興

張　耀　升

對談・曾秀萍X藍士博X鄭順聰

籠子裡的春天

張貴興／文

我不教國文，也不是高中老師。我那一點國文程度，百分之八九十靠自修。學海無涯，自修範圍浩瀚繁雜，難以道盡。但我要說的是，從小學到中學，自學國文的道路蜂蝶相隨百鳥爭鳴，野狐煉丹流連忘返，沒有學位成績壓力，也不可能得道成仙。師父引進門，修行在個人。我沒有像樣的師父，只有對著書本上修成正果的文學大師擠眉弄眼學點旁門左道，占個妖窟，使點妖術，雞鳴狗盜。走入高中國文教育的神聖殿堂，自有正統的仙人道家坐鎮，我這點天橋把戲，無異班門弄斧。

粗略看了兒女的高中國文課本筆記講義考卷，不著邊際問了幾位認識的高中國文老師。文言文的比例其實是多餘的問題。文言文就像中國武術的站樁基本功，想得道升天，就像大樹想參天，腳下先紮根。選材也不是大問題。撇去意識形態，天下好文章不少，隨便選也勝過那幾篇五四蹩腳散文。

這都不是太大的問題。學生讀國文（英文數學地理歷史也一樣）不是為了興趣，而是為了考試。興趣不是臥病奄奄一息，就是暴斃陰魂不散。師生不管「感情」多好，永遠緊張對立。老師是唐僧，有取經壓力；學生不是悟空（機智叛逆）、豬八戒（取巧懶散）、沙悟淨（唯唯諾諾），就是疲乏的馬（逆來順受）。再强悍也有緊箍咒治你。中學功課繁瑣（强調通才的科目），口味也重（艱澀到抽筋），你駕觔斗雲雲遊課外書（「被遺漏的文學」）的閒情逸致不多。

盲目和濫情的「愛」，讓學生被照顧得太好，馴服得太超過。小學到國中，老師做了太多家長應該做的事情。一大早就把學生牧放到學校，放學後强迫上輔導課，强迫老師繼續當牧羊人（保姆）。離校後花大錢請補習班圈養。寒暑假擔心野狼太猖獗，請學校繼續開放牧場。學生習慣像牲口一樣被飼和被管，膽敢放生，暈頭轉向。他們不要你傳授太深奧的學問，只要學一些解題技巧和簡便又不傷腦筋的背誦方式。誰叫你們老師動不動就用考試的緊箍咒嚇唬我們。

到了高中甚至大學，他們只適合關在籠子裡。野外放生會要他們的命。誰叫你們拔掉我們狩獵的爪牙。

僵化的精英教育和永遠改不完的教改（越改越天昏地暗），只在某種程度上淨化了百分之十金字塔頂端上的學生（嚴格說起來只有百分之五或更少），剩下的百分之九十好像就沉淪為殘渣。教改有什麼難？他們改了一百多次了。

永遠有一批活蹦亂跳的蛋頭專家扮演上帝，開天闢地的創造活蹦亂跳的教育政策和考試制度，讓老師和學生活蹦亂跳到屁滾尿流。

舉個讓人瀉肚子的例子。一個字的讀音可以像變色龍變幻莫測，連國文老師也精神錯亂，這就是教育部御用的老夫子愛玩的把戲。

鬆一下你的韁繩吧。學生不是輓畜。

不要誤會，學生需要鞭策。再凶猛的肉食動物沒有經過父母調教也逮不到一隻小兔子。

他們的「師父引進門」，只是把學生誘入籠子裡。越修行就越精神衰弱。

就像經常被品頭論足的作文大考。學生在囚籠裡「天馬行空」，膽敢逾越叛逃，麻醉鎗對付你。春天到了，你甚至不會發情（不用擔心，他們會七手八腳拐你去騎母熊）。

也許國文教育和其他科目一樣，問題不在選材教法，而是一開始學生就被侷限在籠子裡。

我雖是中學教師，但不在國文教學現場，勉強算是圍觀鄉民。

教改是為了學生好？不要口出狂言。

籠子裡哪有什麼春天？

張貴興

祖籍廣東龍川，一九五六年生於馬來西亞砂勞越，一九七六年中學畢業後來台，師大英語系畢業，曾於中學任教。其創作多以故鄉婆羅洲雨林爲背景，書寫華人與在地居民間的獨特地方性格，語言濃豔華麗，富詩性，爲當代華文文學之一大家。曾獲時報文學獎小說優等獎、中篇小說獎、中央日報出版與閱讀好書獎、時報文學推薦獎、開卷好書獎、時報文學百萬小說獎決選讀者票選獎、聯合報讀書人最佳書獎等。著有《伏虎》、《賽蓮之歌》、《頑皮家族》、《群象》、《猴杯》、《我思念的長眠中的南國公主》、《沙龍祖母》等。

被遺漏的文學

張耀升／文

每到討論高中國文課本選文的現場，無論參與者是作家、中文系教授或是高中教師，大多會有類似的討論過程。先是檢討當今選文偏向文言或白話，分為兩派據理力爭文言與白話的優劣，接著討論選文中台灣文學的比例，同樣地，會分為兩派爭辯，若沒有共識，此時便不了了之，若有共識則會轉向學生立場，思索哪些文章可以引起當今世代的學生共鳴或興趣。

現在的年輕世代喜歡讀奇幻小說，於是會提到聊齋，但因為鬼怪與色情成分太多被打槍（是的，聊齋很色，裡面甚至有人獸，不知護家盟為何從不去鬧中文系），或有人提到唐傳奇〈杜子春〉，然後會有人拍案大叫，是啊！〈杜子春〉不就是古代版的盧貝松電影《露西》嗎？盧貝松拍的是露西腦部一路開發到100％，便得道成仙的過程，〈杜子春〉更精彩，杜子春的煉丹修練不但上了刀山、下了油鍋，遊了一趟地獄還投胎成美女，最後因為不忍心而破了戒，結果眼前一切皆為幻象，不過是一刻鐘之間的事。入過魔界、投了胎，還性別轉換，這些元素大可滿足嗜讀奇幻小說而視古文為無聊迂腐說教文的高中生了吧！

不只如此，《紅樓夢》裡面還有許多比總裁系列羅曼史小說更浪漫又遊走在慾望邊緣的內容。大家漸漸興奮了起來，那新詩呢？可以選夏宇，更勇敢一點，選林亨泰吧：「防風林　的／外邊　還有防風林　的／外邊　還有防風林　的／外邊　還有／然而海　以及波的羅列／然而海　以及波的羅列」一目了然地讓人看懂，並且突破學生以往對詩的認知。是的，只要選對了文本，國文課本會變得有趣又新鮮。

但是，接下來，會有人說：「可是，第一線的教學呢？不管選得多好，老師如果教的爛，也都毀了啊！」程度不好的老師無法分析上述三篇文本，他們會回到道德批判，說杜子春告訴我們母愛的偉大（那應該是倫理課而不是文學課的主要內容），或是回到作者研究，說因為曹雪芹生平如何所以文章的意義為何（萬一歷史記載的作者生平有誤，或作者另有其人怎麼辦？），甚至空虛地要學生背下「防風林」是名詞，「的」是介詞，「外邊」是形容詞（而這，根本與閱讀一首詩無關）。

這才是真正的問題所在！台灣的國文教育沒有教導文學批評，學生沒有辦法使用客觀的分析方法去閱讀文學，而這些學生往後成為老師，也大多沒有文學批評能力，於是不管選了多好的文章，大部分老師都無法進行最基本的文本分析，只好轉向與文學討論並不相關的道德批判、作者生平研究與字形字音字義。

然而，這並不是一件困難到無法解決的事情。舉例來說，英美文學最基礎的文學批評為「新批評」，雖然稱之為「新」但其實全盛期是在上個世紀中。美國大學迎

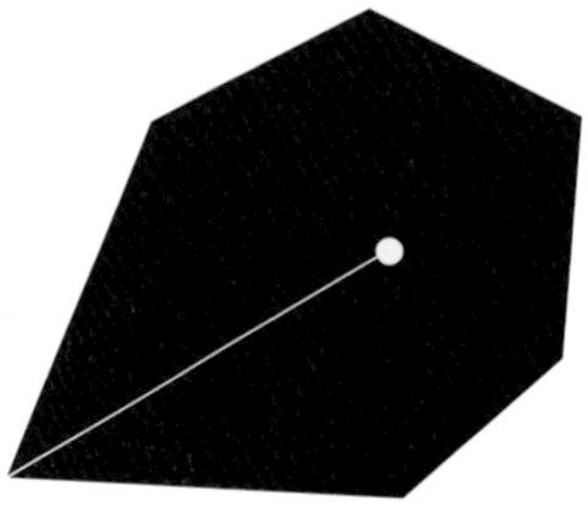

接大量從越戰退伍的士兵入學，為了弭平這些退伍軍人與一般高中生之間的程度差異而大量教導新批評。新批評強調細讀，不向外援引各種理論分析，只從作品中找證據，分析主題、象徵、結構、敘事觀點等等，方法簡單不需要基礎，就作品論作品，以作品的例證來論述觀點，說得出一番道理，論述便成立。

這樣一套簡單的方法，幾乎是齊頭式平等地人人適用，雖然有結構主義的缺點，也在上個世紀至今被一一檢討過，但對於閱讀來說，依然是個有憑有據的基礎方法。

就算認為西方文學的研究方法不能直接移植到國文教育上，那麼，日治時期結束至今的七十年間，台灣的國文教育為何始終沒有自己研擬一套普遍適用於國文教學的文學閱讀分析方法？

這七十年間，都在尋尋覓覓文學作品中的道德教訓，無法批判文學作品自然也就無法批判其中的道德教訓，於是聆聽道德教訓變成一條訊息單行道，獨立思考與批判能力也同時喪失，不懂的反思道德教訓的人僅是擁護教條的人，這可一點都不進步。

道德教訓之外，學生都在背誦作者生平，每個人都不擔心作者生平有誤，也不知道在獨尊作者的情況下，讀者等於放棄詮釋權，甘於成為作者的奴隸，把意義的所有可能都交給作者。

最荒謬的是背誦文學作品裡面的字型字音字義，與文學距離很遠，文學能力的弱化便等同閱讀能力的崩壞便等同理解能力的喪失，他日畢業面對外面複雜的世界，又怎麼會有能力理解然後應變？

當國文課本選入了上述那些精彩的好文章，課文本身卻從來都沒有教導文學閱讀的方法與分析，那麼老師與學生就算有意努力跳脫道德教訓、作者研究與字形字音字義，也只能跳到「用心感受」的層面。

老師說：「我們要用心感受這一篇文章，然後說說我們的感覺。」如果這不使你感到恐怖，那麼如果醫生面對病患時，不診斷症狀，不分析病情，兩手一攤，禪定似地說：「我不會診斷，我憑感覺看病。」你怕不怕？沒有一套客觀的方法，只憑感覺看病能否接受？每個人的「感覺」都是個人虛無飄渺的感受，豈有辦法溝通？這樣的治療必定失敗，這樣的閱讀也將只是個人心得。

缺少文學閱讀方法、文學批評的選文，就是沒有方法只憑感覺的看診，病症無法痊癒，閱讀無從進展，這便是台灣的國文教育一直處於重症狀態的主因。

張耀升

小說家，影像工作者。曾就讀政大英文所與台藝大電影創作所，曾獲時報文學獎小說首獎等。二〇〇三年執行雲門舞集流浪者計畫，至日本在地旅行三個月。曾出版短篇小說集《縫》、長篇小說《彼岸的女人》、散文集《告別的年代：再見！左營眷村！》，二〇一四年七月出版電影小說《行動代號：孫中山》（易智言導演）。

課綱裡的黑洞

被遺漏的文學

柯蘿緹／採訪撰文
黃阿左／攝影

（中）曾秀萍

任教於國立臺灣師範大學台灣語文學系，研究專長爲台灣小說、同志文學與電影、性別研究等。

（左）藍士博

一九八二年生，明新科技大學企業管理科畢、國立臺灣大學中文系肄業、政大台灣文學研究所碩士，目前爲政治大學台灣史研究所博士生、後門咖啡創辦者。曾爲台灣大學濁水溪社復社成員、野草莓運動、太陽花學運參與者，長期關注並投身當代社會、文化、政治與教育等議題。

（右）鄭順聰

嘉義縣民雄鄉人，嘉義高中，中山大學中文系，台師大國文研究所畢業。曾任《重現台灣史》主編，《聯合文學》執行主編，現專職寫作。著有詩集《時刻表》，家族書寫《家工廠》，野散文《海邊有夠熱情》與小說《晃遊地》。

在今日全球化的浪潮下，或因政治與歷史解釋，或因文言與白話異勢，台灣國文課本的課綱微調不曾間歇。長年來國文課本中究竟遺漏、欠缺了什麼？是棋盤？稿紙？還是綠豆糕？本期專題邀請到鄭順聰、曾秀萍與藍士博三位潛心於文學、文化與社會領域的專業作者、學人，採合親身經歷與所學專長，分享他們對於目前高中國文課綱、課本最懇切的觀察與想法。

Q 如何把火鍋煮得美味？

鄭順聰（以下簡稱鄭）：綜觀各版國文課本目次，令人浮現出飢餓感，彷彿看見一道大雜燴，繽紛雜亂看似什麼都有，深究之下卻看不出選文脈絡與標準，一如台灣的文化慣性，喜歡把所有東西攪和在一起，煮成火鍋、滷味，或炸成一袋可口卻不健康的鹹酥雞。

在我求學的年代，課本還是以文言文為主體，直到現代文學開始受重視後，賴和、楊逵、龍瑛宗等前輩的身影才逐漸由模糊變得清澈，魯迅、白先勇、簡媜，甚至芥川龍之介等名字也陸續浮上檯面。然而在各種文學概念大融合的背後，似乎難以看出存在嚴謹的脈絡與中心思想，反倒像某種妥協的結果。

曾秀萍（以下簡稱曾）：進一步來說，目前依照課綱編選出來的課本看似多元廣納，但內在的意識型態其實還是統一的，且選文偏向抒情傳統、單一個人情懷，缺乏向外指涉。親情永遠是懷念媽媽或童年，鄉愁也老是小時候清澈的小河現在裡頭沒有魚；即使選入看似和外在環境相關的自然文學，依然偏向抒情而缺乏批判；除了魯迅〈孔乙己〉和賴和〈一桿秤仔〉，至今仍看不到其他對政治環境或社會結構更富批判性的文本；無論古典或現代，女作家比例均偏低，即使入選，文本也非屬質疑、批判一類，幾乎淪為呼應整個大傳統的幫襯。

Q 詮釋的方式：給予真實世界，還是想像箝制？

曾：除了題解與作者介紹，文章賞析亦值得觀察。同一篇文章由不同人導讀，必然會詮釋出不同方向。例如，選入一篇「鄉土作家」的作品，詮釋焦點可能只著重其「鄉土性」，而忽略了文本裡同時觸及的其他議題，如性別、政治、階級等。又如前述的抒情面相：人的感情難道就永遠只有鄉愁、憶往等溫潤表現，而沒有陰暗幽微或矛盾衝突的面貌嗎？對於正值情緒敏感的青少年們，我們怎麼不試著去教他們如何釐清情感問題，或如何與自己低潮的情緒共處呢？

其次，是漢人中心或儒家中心各種從統治者角度出發的邏輯。舉凡〈六國論〉、〈諫逐客書〉、〈鴻門宴〉一類充滿算計的文章，都從古文裡挑出，但教學現場卻多著重其筆法如何精彩、文氣如何酣暢等美文角度，而非文章當代脈絡下的政治角度。古文裡的政治文章不呈現其政治本質，現代選文裡又不存在政治，整體而言，課綱背後去政治化的意圖不言可喻。

藍士博（以下簡稱藍）：除了課綱本身非常複雜，語文課程也承載太多目的，舉凡民族認同、文學賞析、字詞解釋等，試圖寄無限需求於有限空間，以至選文範圍顯得雜亂。這些雜亂的背後貌似有其脈絡，實際上又缺乏邊陲與陰暗視角；賞析或題解應該要教讀者如何讀懂文章，撰文者卻直接告訴讀者答案，讀者也確實接收這些答案。當全台灣的學生都把賞析題解背起來成為標準答案，表面上豐富的課本選文，便容易造就一致的意識型態。

Q 經典與標準如何被認定？

曾：說是豐富，其實更像是排除了很多他者。

藍：有種方式可以解決這個問題。試著改變編審制度，來創造出相對完善的課本樣貌。我觀察到一個現象：選文內容的汰換率太慢，許多課文從你我的年代到現在存活得太久。我不認為存在所謂的完美課綱或課本，但想要解決這不盡完美的最好方式，或許是增加它的汰換率。

想想我們在BBS上參與的全民課文接龍吧，比方說〈背影〉，我們常覺得好笑中帶點來自共同記憶的溫馨，但同時又感到悲哀，悲哀的原因是，這

表示這廿、卅年來整整超過一個世代的人都使用相同的文學教材。並不是說〈背影〉不好，而是為什麼我們永遠只能透過朱自清的眼睛懷念他的爸爸背影，而不能也站在張大春的身旁聆聽他父親？

缺乏不同視角，非常可惜也非常可怕。再美的文章都不需一直被留在課本裡被教授傳頌或被接受，如果我們能保持教材一定的替換率，不僅能保障更多的優秀文本持續被閱讀、解釋，讀者的視野與感受力也能真正被解放。

曾：普遍性問題能談的太多，我試著從我熟悉的性別觀點切入。為何老說古文跟白話文比例問題這麼重要？例如古代女作家相對稀少，一旦古文選文比例高，女性觀點勢必相對匱乏；而當代選文又習慣偏向抒情跟軟性，其中女性作者的作品更是如此，例如會選魯迅、賴和等較硬的文章，但對於龍應台卻不選〈野火集〉一類批判性強的代表作，而選她的軟性文字，令人費解。

選文意識型態最後經常淪為一種詮釋：所有的女性都只是普通人性，只會想念母親、想念童年，男性情感與女性情感同化，所有人的情感模式都相同，沒有性別上的差異；要不就是去性化，落入女性形象永遠以母親的角度出現的傳統性別分工，或其他社會預設的女性框架之中，缺乏自我的個性。選了女作家的作品，最後竟徹底缺乏女性觀點。

更弔詭的，像如以女性為主體的《紅樓夢》，不管選情感、家族結構的段落都好，卻永遠選地位低下、角色又相對不重要的劉姥姥在大觀園裡出糗。又如選白先勇〈那晚的月光〉，描寫大學生戀愛，女友意外懷孕成為男友出國留學的阻礙。背後的選文意識型態，是要告訴讀者女性就是禍水，是阻礙男性實踐理想的禍根嗎？《紅樓夢》中有那麼多心思細膩、富含情感與智慧的女性，為何老是選劉姥姥？白先勇其他作品寫女性之動人比女人還女人，但為何不選〈金大班的最後一夜〉，偏選〈那晚的月光〉？更甭說〈樹猶如此〉老是被詮釋成友情了。這些選文與詮釋角度都應該好好被斟酌，如果國文課本中的女性視角如此單薄，其他性別更不用說。

Q 回歸語文教育本質

藍：我們都認同語文教育有識字、美感建立與文化認同等功能，而台灣在戰後的語文教育還有一點很明顯的目的是為了培養國民意識、樹立所謂的道統，這和教材中古文比例為何這麼高有很直接的關係。實情就是背後有個核心在運作，意圖創造歷史連續性的想像。現今的語文教育應該打破這種連續性的想像，這已經不是「台灣」VS「中國」這種表面的政治問題，就算把國文課本編成台灣文學史，所有人也不會滿意。

除了打破這些連續性，還應該針對不同的族群與需求，編訂不同的教材。過去的語文教育，究竟帶給了同學們什麼？

以往我的國文課筆記做得還不錯，考試前同學常拿我的課本筆記去影印，我的答案因此成為全班同學考試時的標準答案。可是多年後我回頭問我同

學們記不記得當年國文課都上了些什麼，大部分的人都沒什麼印象，這讓我覺得荒謬，同時也產生疑問：我們為什麼不好好想想國高中、高職、專科的學生真正需要的語文教育是什麼？為什麼不教他們如何寫一封能準確表達內心情緒的情書，或一封誠懇而不卑不亢的謀／離職信？過去台灣語文教育，簡直是為了培養中文系的學生而存在。

曾：有啦，會被放在應用文。

鄭：然後會被認為是不重要的部分。

曾：的確，現在高中和高職課本可以說是換湯不換藥，內容多數雷同，沒有考量到不同學生的需求，不禁讓人覺得這是否為編審者的怠惰。

鄭：與其說怠惰，說不定是缺乏能力。

Q 課本，最終決定一生？

藍：我忽然想起國中時一位很照顧我的導師，當時他已是經算是時代下相對開放的國文老師，但當我在閱讀侯文詠或一些輕量的文學論著時，他在聯絡簿上寫下的話直到現在我都還印象深刻，他說：要多看一些正書。意即，要多看一些考試會考的書，或是一些比較「有用」的書。

當小時候培養出的閱度興趣，進入國高中卻馬上面臨考試制度的直接衝突、被家長與社會視為不具有價值的事，為什麼？因為教材本身把邊界劃得太清楚，教材與考試直接定義了哪些被選進課本的作品，可以被稱為經典和被考試，最終決定了你的一生。

曾：課綱裡有所謂的數十篇古文核心編目，從以前到現在都只有微調而沒有太大改變。古文教育的目標到底是什麼？陶冶國民的語文能力嗎？但這數十篇究竟有哪些確實是符合台灣國民的文學需求？課綱不應該只是方便考試或一綱多本而存在，當教學現場的老師因此只把重心放在這三、四十篇古文，白話文自然就容易被犧牲，甚至其他不在核心範圍內的古文也容易被忽略。如此看似一綱多本，但依然無法脫離傳統的現象非常弔詭。

藍：就像高中考試會考選擇題，大學以後就變成簡答或申論，難道高中生升上大學後語文程度就一夕之間提高了嗎？

曾：因為大家還是習慣要有所謂的標準答案，如果課本是應應考試標準化的產物，這樣的語文教育是偷懶且不負責任的。

鄭：真是令人感嘆。國文這門課除了訓練學生閱讀、理解賞析之外，獨立思考、寫作等更進一步的發揮是語文教育背後更深層的目標，因此國文課可以說是負載了人文學科核心的一門重要科目。

如同法國有哲學課，我們企求從國文中領悟文學、歷史、地理與哲學，但這樣的想法碰上了眼前的汰選機制——考試——當考試制度持續綁架整個語文教育，對於國文教材需要涵蓋哪些面相，我們就應該更花心思去斟酌；如果只把課綱視為一張紙，而不去思考其背後蘊含與可能帶來的效應，台灣的語文教育就真的會逐漸失去理想，這是我們最不願意見到的事。

柯蘿緹
生長於蘇澳馬賽。宜蘭高中、清華中文系、東華創英所MFA畢業。足跡曾至菲律賓呂宋島，加拿大東西岸。著有詩集《無心之人》（唐山出版），作品散見D槽。

第十二課

異國母語課風景

由作家帶路，擦亮新眼界，領略波蘭、日本、上海、德國、香港五種國家的語文教育風景

波蘭　林蔚昀

林蔚昀／插畫

德國　陳思宏

香港　袁兆昌

波

傳統和當代的聊天室

我看波蘭高中國文課本

林蔚昀／文．圖片提供

林蔚昀

一九八二年生，台北人。以中、英及波文進行寫作與翻譯。曾獲波蘭文化功勳獎章、中華民國十大傑出青年。著有《平平詩集》，代表譯作《鱷魚街》、《給我的詩——辛波絲卡詩選 1957-2012》、《走路的藝術——魯熱維奇詩選 1945-2008》等。現長居於波蘭克拉科夫。

美麗，是我對波蘭高中國文課本們的第一印象（用課本「們」而不是課本，因為波蘭課本就像台灣課本一樣，是一綱多本）。這一本用波蘭十九世紀作家／畫家維斯比揚斯基的畫作當封面，那一本的封面則閃閃發光，像是一面鏡子（呼應《波蘭語：世界的新鏡子》這個書名）。即使是看似不起眼的封面，打開一看，裡面也都是滿滿的文字和圖片……

仔細研究內容，會發現這些課本不只美麗，也很豐富多元。上至希臘羅馬，下至當代波蘭詩人辛波絲卡、米沃什、法國作家卡謬、俄國作家杜斯妥也夫斯基、愛爾蘭劇作家貝克特、美國藝術家安迪．華荷、西班牙建築師高第、英國塗鴉藝術家班克西、波蘭搖滾樂團 Lao Che、還有冰與火之歌、Dr House 及駭客任務……

看到這裡，讀者可能會問：「難道波蘭高中國文課本是什麼都賣的 7-11 或是小叮噹的口袋嗎？」我第一次看到這些課本時也有同樣的疑惑，覺得：「好奇怪啊！貝克特和 Dr House 又不是波蘭文學（而且 Dr House 也不是文學！是電視影集！），為什麼要收進國文課本呢？波蘭十世紀才建國，文學也是在那之後才出現，為什麼要了解和自己不相干的古代？」

我跑去問我的波蘭老公，他告訴我：「在波蘭文課本裡介紹世界文學，一直是我們的傳統。」另一個正在念大三的波蘭朋友F則告訴我：「波蘭是歐洲的一部分，歐洲的歷史文化也是波蘭歷史文化的一部分，了解歐洲的過去可以幫助我們了解波蘭的現在。妳看，我以前用的這本課本就叫做《過去即現在》，這句話是出自波蘭浪漫主義詩人挪威德（Cyprian Kamil Norwid）的詩作

喔！」

確實，波蘭國文課本的歷史感很重（波蘭文化的歷史感也很重）。波蘭的高中生在一年級的時候要學亞里斯多德和希臘悲劇，也要念聖經，還要讀中世紀、文藝復興、巴洛克及啓蒙時代波蘭和外國作家的作品，整個一年級可以說都在讀古文。然而，我感覺課本的編排方式並不會讓人覺得念古文很無聊，因為在每一章的開頭，會有詳細又有趣的關於時代背景的介紹，然後才是文本的閱讀、語言的分析以及和當代文本的連結。

拿中世紀來作例子，學生可以看到中世紀的畫作和教堂建築長什麼樣，知道什麼是聖像畫、蘭斯主教座堂（Notre-Dame de Reims）、和死亡之舞（danse macabre）。讀完但丁、《崔斯坦與伊索德》、《聖方濟的小花》及一些評論文章，學生則可以把它們和當代文本做比較。在《過去即現在》這個版本的課本中，當代的文本是波蘭二十世紀詩人的作品（這本課本很重視詩，在每個章節的最後都會有「和傳統對話」的部分，裡面都是當代詩作），而在另一本課本《字句之上》中，當代文本則更五花八門，收錄了艾可的《玫瑰的名字》、奇幻作家薩普科夫斯基的《命運之劍》、英國喜劇團體 Monty Python 的電影《聖杯傳奇》還有柏格曼的《第七封印》……

我自認是不拘泥於經典和通俗之間界線的人，但是就連我，都無法想像一本課本竟然可以如此包山包海，把這麼多性質及風格迴異的東西放在一起，彷彿在創作一道 Fusion 料理。「為什麼你們的國文課本會把電影、電視、電玩、漫畫、建築、攝影、繪畫和經典文學放在一

左為波蘭高中國文課本《過去即現在》，右邊則是國中國文課本《流行語》

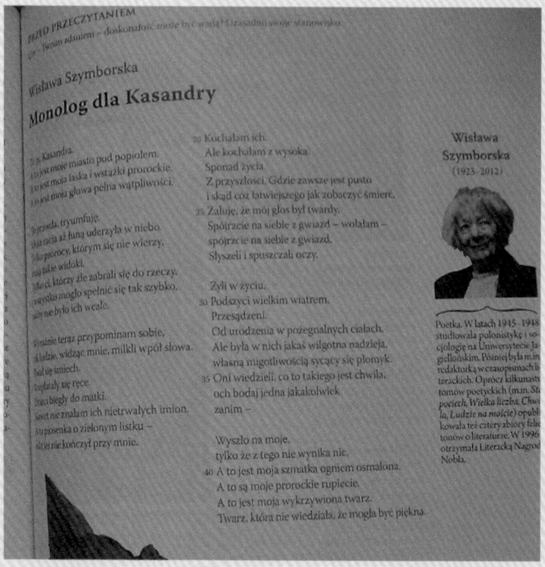

《字句之上》中收錄的波蘭女詩人辛波絲卡的詩作

《波蘭語：世界的新鏡子》中關於一九八九年後，文學及文化現象的導論

起呢？」我問F。他的回答是：「因為我們都把它們當文本啊，這些文本都是可以分析的。」

翻閱波蘭的高中國文課本，我覺得自己彷彿進入了傳統與當代的聊天室。在這個聊天室中，當然有一些「大大」（我們就叫他們「經典」好了），他們的言論佔據比較多的篇幅，也會得到許多「讚」和「推」，但是這並不表示，他們說的話就是不可顛覆的真理。總會有一些聲音跑出來質疑他們，分析他們的語言，爬梳他們的思想脈絡⋯⋯同一時間，這些另類的聲音也有自己的論述、自己的故事。這許許多多的故事就在聊天室內進行對話，互相挑戰、互相補充、互做註釋⋯⋯

當然，波蘭的高中國文課本也不是完美的（裡面的內容還是以波蘭、西歐和美國為主，關於東歐的除了俄國之外很少，也沒有非洲和亞洲）。而光靠課本，也無法讓學生具備獨立思考的能力。F說，老師的教學是很重要的。不認真的老師會讓最有趣的課本變得無聊，而一個認真的老師則可以把課本的價值發揮到最大，透過讓學生上台報告、討論、分析、解讀，讓他們習慣批判性的閱讀和思考，並且訓練表達的能力。這樣的能力不只在大學聯考時不可或缺（波蘭的大學入學方式是大學聯考，而聯考是有口試的，分別是波蘭語和外語），在學生進入高等學院進修、畢業出社會時，都是很重要的。

教出能夠理解各種不同事物（不只是文學），並且能對各種不同事物（不只是文學）提出自己看法的學生——這是波蘭高中國文課本讓我看到的教育理念和願景。至於願景如何實現和實現的程度，就要看每個老師和學生的個人修行了。

日本國語文教育的戰爭與和平

蔡雨杉／文

蔡雨杉
又名謝惠貞。東京大學文學博士。文藻外語大學日本語文系助理教授。昔留學東瀛，一葦浮沉。現旅居哈瑪星，觀照日本文壇大小宇宙。譯有巫永福《愛睏的春杏》。撰有博士論文《日本統治期台灣文化人的新感覺派的受容——橫光利一與楊逵・巫永福・翁鬧・劉吶鷗》、〈李昂《自傳の小說》中的寓言〉，及村上春樹等日本作家相關評論多種。

現在進行式的戰爭與和平

時值日本安倍首相强行通過違憲的新安保法企圖企圖再軍備，日本年輕世代大舉走上街頭表明反對，不禁令人覺得日本還有希望。然而對照議會質詢轉播鏡頭上，安倍赤裸的野心，一些檯面下的搬弄操作，早已蓄意綁架學子的世界觀。自二〇〇六年《教育基本法》改惡，將「愛國心」與「尊重傳統與文化」劃上等號，無論任何科目都愈益强化了偏差的民族主義之誘導。民間出版教科書，需依照文部科學省的「学習指導要領」（相當於課綱），必修的《國語綜合》課本，也不例外。和台灣同樣一綱多本，有東京書籍、三省堂、明治書院、筑摩書房等等版本。但完成後需經過「審定調查審議會」檢視，並通知出版社修改。因審議委員不公開本身便是「黑箱」作業，復加上《教育基本法》此一防線失守，所以攻防戰又延燒到各校選定課本的環節上。

然而，回顧戰後日本的國語課本選錄作品的傾向，可是潛藏著反戰勢力的。反對新安保法的遊行意外盛大，或許也可追溯到日本一九五〇年之後，開放民間教科書送審，編者們逐步增加井伏鱒二〈黑雨〉、大岡昇平〈俘虜記〉等日人二戰經驗作品，如同石川肇〈在「戰爭與和平」觀形成上戰爭教材所達到的效用〉（《日本研究》，2011）所言，形塑了一般人的「戰爭與和平」觀。

課本必選作家及作品 BEST5

日本權威期刊《國文學：解釋和教材的研究》的教科書特輯中，阿武泉〈高等學校國語科教科書中文學教材的傾向〉（2008）一文，將一九四八到二〇〇八年為止入選的作家做了統計，作品入選總數第一名是夏目漱石，入選最多次的代表作是《心》。其次分別是，第二名芥川龍之介〈羅生門〉、第三名森鷗外《舞姬》、第四名志賀直哉〈在城崎〉、第五名中島敦〈山月記〉，如今已成為必選經典教材。

第一名夏目漱石的《心》中，「我」對「老師」厭世的人生觀感到疑問，最後在「老師」寫給「我」的遺書中透露，因為與摯友K爭奪現在的師母，而導致K的自殺，並暗示將殉死以祭弔明治時代的終焉。此作原本由三章構成，教科書卻只摘錄〈老師與遺書〉。因而，引發小森陽一在〈生成「心」的「心」〉（《成城國文學》1985年3月）的批評，指出過於强調文本的道德觀，有為國家意識形態服務之嫌，而且摘錄方式切斷了三章之間互相對話辯證的可能性。

第二名是芥川龍之介〈羅生門〉。改編《今昔物語》情節的此作，描述平安朝一個賤民飢寒無助，猶疑在行竊維生抑或高尚餓死之間。然而遇見老嫗拔取屍首長髮預備變賣，便心生「衆人皆為求生存」的念頭，搶了老嫗的衣裳準備典當。可說是以反例詮釋芥川〈蜘蛛之絲〉中否定利己主義的邏輯。

第三名森鷗外《舞姬》中，令人聯想到鷗外本人的豐太郎，赴德工作時邂逅德國女性愛麗絲。在愛麗絲懷孕後，友人擔心豐太郎前途，私下告訴愛麗絲豐太郎決定返日，不堪打擊的愛麗絲精神錯亂，豐太郎則黯然回國。然而，背棄仍是豐太郎的最後抉擇。

第四名是志賀直哉〈在城崎〉。被譽為小說之神的志賀，將己身被電車撞傷而到城崎温泉療養的過程，以近乎散文紀實的筆法，穿插「偶遇的事實」諸如觀察蜜蜂、壁虎之死，重構出小說「結構上的必然」，恰似高明的紀錄片剪輯師，投射出作家過於迫身而未敢直白的、對於死亡的恐懼與思索。

第五名中島敦的〈山月記〉取材自唐人傳奇小說《人虎傳》。中島加筆著墨於李徵的複雜心境，描摹李徵向舊友自我剖析，不敢承認沒有詩才的可能性，卻也懶於磨練才能的心態是「膽小的自尊心及自大的羞恥心」。此一心態便是心中之虎，終至吞噬人身而化身為虎。

綜觀前三名的共通點皆在於描寫「負罪者如何活下去」的主題。相當程度反應了敗戰後的日本人的精神狀態。而五作在教學現場也多用以闡發道德情操。

榜外作家與週邊問題面面觀

其他入選的除了太宰治、安部公房、川端康成、橫光利一、宮澤賢治等戰前作家外，也為了反應現實人生陸續有村上春樹、吉本芭娜娜、角田光代、宮本輝、淺田次郎、川上弘美、山田詠美、江國香織、小川洋子等作家作品被選錄。

雖然不似歷史課本竄改史實規避責任之令人詬病，國語教科書仍有些許問題存在。諸如一九七三年之後，因「學習指導要領」緊縮必修學分，導致〈徒然草〉、〈源氏物語〉、〈萬葉集〉等古文及漢文（半數是唐詩）在必修的《國語綜合》課本中減少。以及教師手冊提示唯一準繩，有箝制學生思想之嫌，難以揮別「正解主義」。且據筆者專訪了「憲法九條會」幹部的島村輝教授，他指出日本國語教育愈漸從「文學」偏向「語言應用」功能，從而文學的教材趨少。若再參照二〇一四年九月安倍政權勸告國立大學廢除人文學科的政策，現今的日本國語文教育著實多了不少道陰影。

滬

別人的跑馬場

張怡微／文

張怡微

一九八七年生。國立政治大學中國文學系博士班在讀。曾獲時報文學獎、聯合報文學獎、台北文學獎等，二〇一五年出版小說集《哀眠》。

離開高中十幾年，想到語文課，印象里幾乎每一位語文老師在第一堂授課時都會在黑板上寫下三行大字「語文是什麼，學什麼，怎麼學」。然而沒有一次，這三個問題能在學期內得以解決。對於中學生來說，語文課永遠是用來調節數理化與體育課之間理想的放空時間。反正文言文可以回家再背，作文寫來寫去就這樣幾個題目——「我的父母、我的同桌、記一件難忘的事……」印象很深的是，高一時班主任第一次教書還不太會講課。下課鈴響時，後排的男生合上書淡淡地說，「真是難以置信啊，這樣的課本，她自己當學生時學過一遍，備課又看一遍，現在還講成這樣亂七八糟……」其實那天她沒有講什麼，只是看起來有些緊張，第一堂課她就說，「啊呀我們來不及了。」

如今回看我們的高中語文課本，最令人驚異的是，篇目依然沒有什麼大變化。而這距離我們那位菜鳥老師講授自己當學生時學過的那些課文，竟然又經過了十多年。大陸的語文考試分為文言文閱讀、現代文閱讀及作文。於是課本也幾乎照此格局，雖然經過課改，但萬變不變。文言文有小說節選、詩詞鑒賞、現代文有淡淡的共和國文藝氣息。在二〇一五年的語文課程改革中，確認刪除了一篇〈狼牙山五壯士〉。而我們曾經學過的反映抗日戰爭英雄主義的文章包括〈飛奪瀘定橋〉、〈金色的魚鉤〉等戰爭題材的故事還記憶猶新，只是細節都想不起來了，那些少年英雄保家衛國的事例，也無法因應當下的文化環境寫在作文里。想到百分之九十九的學生在日後未必會從事與文學相關的工作，而他們這一生所能閱讀的文學作品大都出現在語文書或考試題里，就難免覺得有些與時代脫節。

幸而大部分學生都聰明得很，成長於網絡時代的他們早就能區分語文書與文學、交給老師的周記和網誌的差別。老師按任務來教，學生按任務來學，分工很明確。唯有高考的分數是真正扣人心弦的東西。而兩岸無論什麼教育背景，無論課改如何聳人聽聞，考試作文中總能出現司馬遷、拿破崙、居里夫人等其實只會在中學作文里團聚的名人，也算語文教育中的奇景。

最近大陸對於語文教育的反思很多。上海《收穫》雜誌的編輯葉開，就編了一本名為《對抗語文》的私人教材，他認為落後的語文教育是對孩子心靈的傷害。一方面，是為了更「適合」學生閱讀，經典篇目進入教材時會做刪改，這對經典本身也是侵犯。另一方面，喜歡哈利波特、星際穿越的孩子們，在讀諸如課本名篇〈荷花澱〉、〈荔枝蜜〉、〈大堰河，我的保姆〉等文章時，實在也是接受障礙。其結果當然是老師講得亂七八糟，同學聽得莫名其妙。

總的來說，語文書真的是很奇妙的存在。印象里所有打星號「參考閱讀」的文章都比正式的課文要好看。而語文書提到過的作家，沒有選入的文章都比課文要好看。許多人都是因為語文書而不喜歡魯迅、朱自清、朱光潛的。他們這一生都沒有機會接觸魯迅全集、朱自清全集……作家也很冤枉，誤解成了深深埋在心裡的黃連。

上個月我去台灣一所中學演講，講的也是中學作文。我覺得沒必要指望學生在課外培養什麼閱讀習慣，事實上他們中的大多數人這一生全部的閱讀量在語文考試中已經完成，往後他們閱讀最多的也就是電影電視的字幕。這沒有辦法，也從來都不應該强求。但語文教育所應該抵達的底線是表意準確而明確。就如兩個人同樣從火場上衝出來，一個人尖叫嚎哭説了很久什麼也沒説清，另一個人可能一句話就把時間、地點、緣故、傷者位置全部説明白了，這是一種能力，是應該在語文教學中加以訓練的。但我們的課本，既沒有邏輯訓練也沒有哲學教育，有的就是一些空泛的觀念。畢業的學生能夠分清司馬遷和司馬光就已經很好了，往後，連一封明白的辭職信、一封像樣的情書都寫不來。這才是語文教育最大的失敗。至於語文書，那更像是教材編寫者的跑馬場。遠遠望去，還是很高級的。

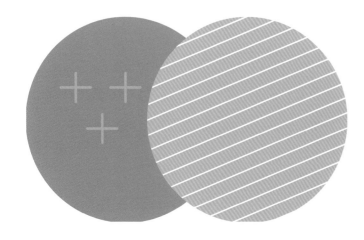

德

德國的國文課本

陳思宏／文・圖片提供

陳思宏

彰化永靖鄉出生，農家的第九個小孩。在柏林寫作、演戲、採訪、翻譯，其實根本在密謀並且實行叛逆。曾獲全國大專學生文學獎小說獎、彰化縣磺溪文學獎散文獎、南投縣文學獎小說與散文獎、國軍文藝小說金像獎、台灣文學獎小說獎、九歌年度小說獎、林榮三文學獎小說獎、國藝會常態補助等。著有《指甲長花的世代》、《營火鬼道》、《態度》、《叛逆柏林》、《柏林繼續叛逆：寫給自由》。電影作品有《曖昧》、《宮保雞丁》、Global Player。現居於柏林。

遙望德國高中國文課本之前，先必須稍微了解德國學制。德國的小學只有四年，十到十一歲的學童在四年級時，必須要決定之後是否要進入以學科研讀的中學體系，或者以技職訓練的中學體系。兩者並無優劣高下之分，事實上，德國的技職訓練中學體系培養出了許多世代的人才，「把書讀好」絕不是學生的唯一選項。此文所探討的德國高中，就是所謂的「一般中學」（Gymnasium），是八到九年的學科知識教育，最後通過「畢業考」（Abitur）之後，進入大學研讀。在「一般中學」裡，最後三年是準備進入大學高等教育的重要階段，尤其是最後兩年的成績以及最後的會考成績，全部總結的成果，就是畢業考的成績，並非一次大考便論斷。所以，這三年，可視為與臺灣高中三年相近的學年。而是學生們程度上可以選擇主修與專攻領域。德國的國文課，也就是「德文」（Deutsch），則是必修。

德文課本的「長相」，跟畢業考制度緊密連結。以前，德國各邦有不同的畢業考準則，所以德文的「課本」，其實是一個無範圍的自由概念。老師與學生討論，選擇哪些文本來研讀。現在，全德國都實施「中央畢業考」（Zentralabitur），亦即考試有個清楚的中央準則可跟，於是就有類似臺灣高中的國文課本，課本裡就有指定該讀的正典、文本。兩者各有利弊，自由論者厭惡制定框架，規範論者憎恨無疆無界。為了寫這篇文章，我採訪了兩位正在一般中學教德文的朋友，兩位都對此刻的框架有所肯定，認為此制省時，且沒扼殺學生創意。雖然有中央制定，不代表完全沒有選擇自由。課本提供的只是文摘，要精讀文本，學生們仍然必須購買書籍閱讀。大部分的學生會選擇雷克拉姆出版社（Reclam Verlag）的黃色平裝小讀本，因為價格低廉且好攜帶。黃色文庫小本，是許多德國人求學的集體記憶。

德國曾經歷經狂熱的納粹國族主義，屠殺征戰，造成人類浩劫。戰後，尤其是西德，教育的方向就特別著重個人獨立思考，以杜絕集體盲目跟從。所以德文教育絕不是宣揚國威，也不是學生單方面的背誦，而是在分析課文之後，學生必須更著重「創造」，開口去評論，下筆去書寫，教育是雙向，課堂裡沒有標準答案，考試都是自由申論，沒有選擇、是非。

以德國人口最多的北萊茵－威斯伐倫邦（Nordrhein-Westfalen）的教育官方單位所頒佈的一般中學最後三年的德文教學準則為例（如圖），可以發現，上大學前三年的德文教育，重點就在於獨立思考的訓練。

那到底，德國的「國文課本」長什麼樣子呢？跟臺灣一樣，教科書由數個出版社出版，沒有壟斷。我翻了不同出版社的德文教科書，選文大都一致，只是在編輯、美編、分析方面有不同作法。

課本裡，在德語的範疇裡，有非文學類與文學類的選文。非文學類有演說，讓學生分析前德國總統羅曼・赫爾佐克（Roman Herzog）與左翼黨的黨魁格雷戈爾・居西（Gregor Gysi）的演說文，讓學生學習演說的藝術。兩位名人都是知名的演說家，從不唸稿，演講魅力驚人。學生從他們演說裡，學習說話與溝通。此外，還有時事、歷史文獻。

文學類，則有德文文學正典選讀，例如「狂飆突進運

動」（Sturm und Drang），就摘選了歌德作品。戲劇方面，選了啓蒙運動作家萊辛（Gotthold Ephraim Lessing）的《智者納坦》（*Nathan der Weise*），讓學生分析戲劇詩歌與對話。當然，卡夫卡沒有缺席。

所以，德國學生除了閱讀當代文選之外，也必須讀幾世紀前的古文詩句。年輕世代習慣臉書推特短句懶人包，一看到古文正典穿越，很可能心裡就比中指了。所以，這就跟教學設計，有很大的關聯。

接受我採訪的兩位老師，都跟我描述了一下他們的德語課概況。課堂上，話語權不在老師一個人身上，每個人都有權利發表自己的意見，所以討論如飛鏢亂射，老師不給標準答案，焦點在個人的思辨，以及專心聆聽。那沉默的學生呢？沒關係，就用寫的吧。寫作是教學的重點，學生必須不斷練習書寫，才能面對申論考試。面對科技發展，老師們出的作業也必須符合學生需求。例如，讓學生用 iPhone 拍歌德短片，或者錄製卡夫卡廣播劇。學生常常上講台，讓自己的聲音被聽見。

在思考辯論的過程中，學生發現，歌德其實沒那麼古老，不是絕跡的恐龍，而是與他們的生活有關連的文學。文學成經典，就是因為其有抵抗時代變遷的恆久性。

作業沒有背誦，考試沒有課文默寫，課後沒有補習。只要是基於尊重，學生們可以跟老師唱反調。

我問了朋友正在準備畢業考的女兒，喜不喜歡德文課？她馬上說討厭，然後滔滔說出課本的不完善，老師的古版，選文的缺失，理由充沛，自信清晰。十七歲的女孩，有性經驗了，抽過菸喝過酒鬧過事，是獨立個體，有思辨能力，父母不寵不把她當孩子，盡管爭自由，但後果必須自己負責。

看來，她討厭的德語課，那些偷渡叛逆、自由、啓蒙的文字，悄悄在她身上住下了。

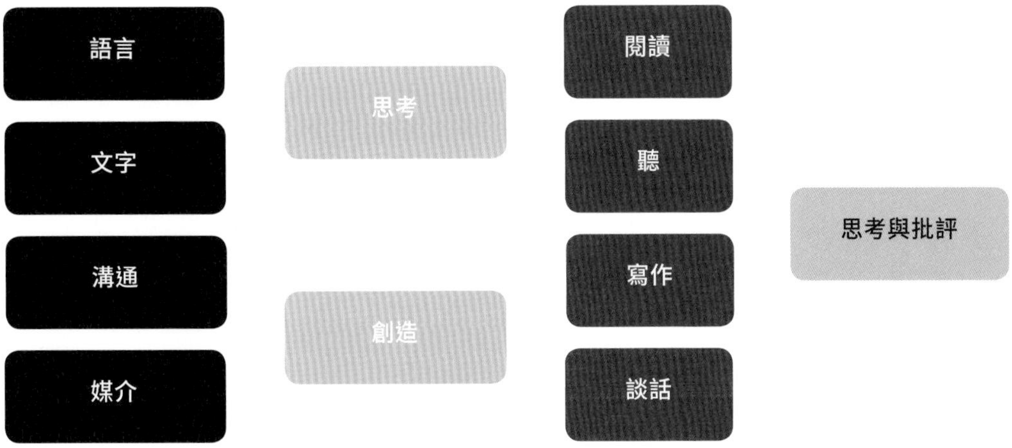

港

向未來的自己道歉

袁兆昌／文・圖表提供

袁兆昌
香港詩人、編輯。畢業於嶺南大學中文系，曾任教科書編輯、寫作班導師。曾獲青年文學獎、中文文學創作獎，作品曾列書榜榜首。新著詩集《肥是一個滅不掉的詞》（文化工房），近著訪談及評論集《大近視》（安徽教育）。少年文學作品有《超凡學生》（作家出版社）、《抛棄熊》（天地圖書）等。

當年，中國語文課本充斥著官場失意、政改失敗的流放者作品（〈醉翁亭記〉、〈將進酒〉、〈歸去來辭並序〉、〈始得西山宴遊記〉），或是向一個已死的前主管示忠、教育晚輩（卻同時是新主管）的實用寫作（〈出師表〉）。老師多半是中年人，都非常投入的說這個作家遇人不淑，那個君主有多昏庸，睡倒了半個課室的未來棟樑。偶爾，我還保持在清醒狀態，做其他科目的功課時，看到老師黯然悲嘆時，我倒是有點同情作者和老師：你看，要在頭髮快要丟光的年紀才領悟政治為何物，早點悟道我就不用念這些中文，你有你當年的官運亨通，我有我現在的玩耍時刻。在我考試失敗的那些日子，我就想：編制這課程的人是有安慰我們這一等失敗者的心思嗎？為什麼逼我念失敗者寫的東西？

當年的香港中文課程，限定一個十五、六歲的中二病，背誦二十六篇文章去應考。第一課就是葉紹鈞〈以畫為喻〉，勸勉我們要練成熟練的手腕，用這一千多兩千字跟一個少年用美學來說道理，如果谷阿莫早就出現在當年，就會用十幾秒解決掉這悶蛋課文。君不見香港到了高中，習畫是專科專教，一般學生都興高采烈地慶祝，終於不用花錢買顏料，專心鑽進課本，掏個學會會長來玩玩做做就更好，怎麼跟我們「以畫為喻」起來？

主理課程的這一幫人，從來沒有想過十多歲的人到底在想什麼，他們只關心幾十歲的人在教什麼。許多無心向學的學生都有共通點：討厭中文。問他們為什麼，答案同一樣：悶。課程第二篇文章要念的是〈左傳・曹劌論戰〉——一個看不起朝中百官的人自薦上陣，睡倒的同學倒不會問「老師不是說做人要謙虛嗎」，我到這階段的高中生涯，開學之初就在這幾課念文言文，到結束的那一課，大家都只會念四個字：「一鼓作氣」，更沒人質疑那個寫作的人，到底有沒有在現場觀察，所寫的是真是假；如果有，香港中文教育希望之光早就在我輩間亮起來了。

到了第三篇文章，就忽然要我們在秋天賞花！來一篇李廣田的〈花潮〉，編制這課程的人到底有沒有時間觀念？我們去秋季旅行，到了再多植坡之境也只見枯死似的荒蕪，偶有常綠樹在側，什麼密密層層「花的隧道」，不是學生感受不來，而是無可感受。第四篇梁啓超〈敬業與樂業〉與第五篇〈醉翁亭記〉在課程排序上，對中二病來講，簡直是一場噩夢：才開學不久，就要思考職業態度與人生目標？當年要念四年高中、三年大學，要一個中二病思考七年後才面對的人生出口，教這堆中文字的傢伙到底有什麼目的？哦，原來老師要教的是求學態度，講完梁啓超先生的教誨，卻帶我們去遊山玩水？哦，原來他並不是真的遊山玩水，而是心裡有話想說，卻為什麼從現代就忽然跳到宋代？最誇張的還未出現。第六篇，白先勇〈驀然回首〉……中二病們開始討厭你跟他們看不存在的風景，說不實在的道理，竟然來一章作家獨白，從宋代躍到當代……類似的跳躍式編排在整個中國語文科比比皆是，一時失敗，一時雅興，一時低頭思考，一時昂然大笑。你會問：白先勇之後，是誰？給你猜十年也猜不到：諸葛亮！哪個篇章？就是常常提到「你父親」（先帝）的〈出師表〉。當年那個中二病（劉禪）是什麼年紀，又怎會讀明白你諸葛先生呈上的表。

這恰似當年整個中文教育不顧對象心理的灌腸動作，要你看要你學要你懂要你從，最終諸葛先生在政治意義上失敗了，在祿姆意義上失敗了，卻在寫作意義上成功了——在我想通了這一筆舊債來歷與意義時，中學教育已經離我很遠很遠……

今天課程口號已經改為什麼愉快學習、循序漸進，學生學習已經不用背誦課文，從篇章學習應用中文時的能力，新一代學生在這十多年以來，可能連一個作家的名字也說不出來。從跳躍式篇章到現在不鼓勵範文教學的能力導向、單元化的課程，被支解的是中文，也是作家多年來的作品，屍骸遍野。在我終於要幫忙編輯課本的年紀，回顧這多年以來教育官的一舉一動，要我們編成一套送給他們審理的教科書，期待官員一個蓋章，供出版社出師有名地推銷，我自己其實也曾在無暇理會學生死活的編輯工作上，遇到權力的不合理、出版社政策的更替、顧問編輯時有改變的主意……每次我要為此寫作時，總想到多年前的自己是怎樣在課室裡書桌上倒下來；以今天選文無定則的課本出版而言，萬一我寫的會被編為課文，中二病讀到的何嘗不是中年危機。

最後，我還是要跟每個未來的自己道歉：我當不了官，改變不了這個世界……而這句話，正是歷代作家的心聲了。

葉紹鈞	〈以畫為喻〉		〈曹劌論戰〉（選自《左傳》）
李廣田	〈花潮〉	梁啟超	〈敬業與樂業〉
歐陽修	〈醉翁亭記〉	白先勇	〈驀然回首〉
諸葛亮	〈前出師表〉	聞一多	〈也許〉
徐志摩	〈再別康橋〉	黃國彬	〈聽陳蕾士的琴箏〉
李白	〈將進酒〉	杜甫	〈兵車行〉
梁容若	〈我看大明湖〉	司馬遷	〈廉頗藺相如列傳〉
黃蒙田	〈竹林深處人家〉	蘇洵	〈六國論〉
陶潛	〈歸去來辭並序〉	左民安	〈漢字的結構〉
王力	〈請客〉		〈齊桓晉文之事章〉（選自《孟子》）
魯迅	〈孔乙己〉	柳宗元	〈始得西山宴遊記〉
錢鋼	〈我和我的唐山〉	蘇軾	〈念奴嬌〉
李清照	〈一剪梅〉	辛棄疾	〈青玉案〉
姜夔	〈揚州慢〉		〈論仁〉、〈論君子〉（選自《論語》）
吳敬梓	〈范進中舉〉	李華	〈弔古戰場文〉
西西	〈店鋪〉		〈庖丁解牛〉（選自《莊子》）

作者求學時期的高中課文一覽。今天，各出版社都自行選章，並無範文。

陽 光 數 著 桌 上 的 粉 筆 灰
時 間 在 抽 屜 裡 昏 昏 欲 睡
她 轉 身 在 黑 板 上 種 下 一 個 祕 密
又 用 板 擦 掩 蓋 了 蹤 跡

——羅智成《黑色鑲金．14》

課後測驗

考試不會考的國文評量

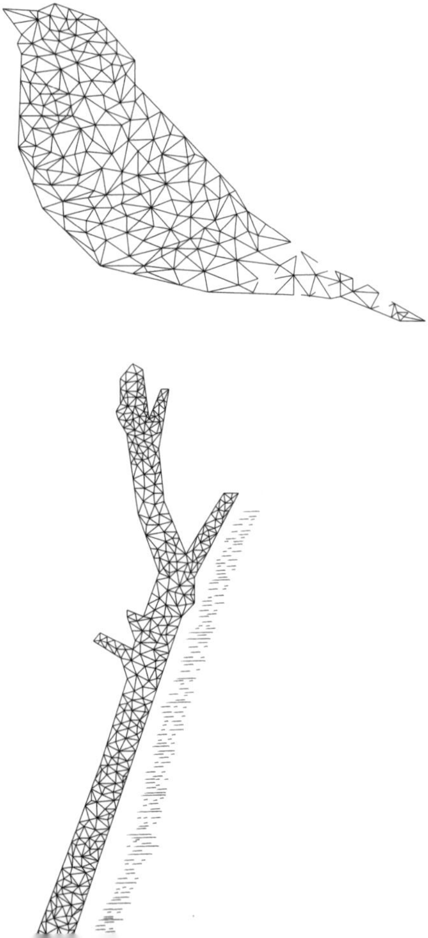

品學堂 WISDOM HALL EDUCATION CO., LTD

老師能給學生的知識是有限的
但是當學生擁有閱讀和理解能力時
自己去探索的可能是無限的。

品學堂《閱讀理解》學習季刊的編輯目標，是讓學生在大量閱讀後，藉由多原文本和專業嚴謹的提問設計，使其在回答提問的過程中，進行有層次的理解思考，而教學者亦能以此客觀的評量成果來掌握學生的理解程度。雙方皆可藉此有系統的培養、評估理解能力，提升閱讀素養

本刊特色

一、多元閱讀

依據PISA連續與非連續文本的定義，選擇多元的生活、社會、科普主題與文本形態，擴展閱讀與理解學習。

二、教學上手

提供符合PISA理解層次的提問和思考歷程詳解，各篇相關教學資源可於官網免費下載，幫助教學者更有效率的準備具國際規範的閱讀課程材料。

三、有效學習

《閱讀理解》學習誌的文本、提問、解析和詳解設計，都是為老師和學生在閱讀學習中搭起有效學習的鷹架。

四、彈性應用

《閱讀理解》學習誌在使用時機上的規劃，可廣泛應用到教學現場的不同安排如：自學、晨讀時間、第八堂、課間練習、學習共同體、閱讀課或社團活動……等，依需要自行安排。

每一篇評量
就是一次
完整的
閱讀素養學習

項脊軒志　　歸有光

項脊軒，舊南閣子也。室僅方丈，可容一人居。百年老屋，塵泥滲漉，雨澤下注，每移案，顧視無可置者。又北向，不能得日，日過午已昏。余稍爲修葺，使不上漏；前闢四窗，垣牆周庭，以當南日；日影反照，室始洞然。又雜植蘭桂竹木於庭，舊時欄楯，亦遂增勝。借書滿架，偃仰嘯歌，冥然兀坐。萬籟有聲，而庭階寂寂，小鳥時來啄食，人至不去。三五之夜，明月半牆，桂影斑駁，風移影動，珊珊可愛。

然余居於此，多可喜，亦多可悲。先是，庭中通南北爲一，迨諸父異爨，內外多置小門牆，往往而是。東犬西吠，客逾庖而宴，雞棲於廳。庭中始爲籬，已爲牆，凡再變矣。家有老嫗，嘗居於此。嫗，先大母婢也，乳二世，先妣撫之甚厚。室西連於中閨，先妣嘗一至。嫗每謂余曰：「某所，而母立於茲。」嫗又曰：「汝姊在吾懷，呱呱而泣；娘以指叩門扉曰：『兒寒乎？欲食乎？』吾從板外相爲應答。」語未畢，余泣，嫗亦泣。余自束髮讀書軒中，一日，大母過余，曰：「吾兒，久不見若影，何竟日默默在此，大類女郎也！」比去，以手闔門，自語曰：「吾家讀書久不效，兒之成，則可待乎？」頃之，持一象笏至，曰：「此吾祖太常公宣德間執此以朝，他日汝當用之。」瞻顧遺跡，如在昨日，令人長號不自禁。

軒東，故嘗爲廚，人往，從軒前過。余扃牖而居，久之，能以足音辨人。軒凡四遭火，得不焚，殆有神護者。

項脊生曰：蜀清守丹穴，利甲天下，其後秦皇帝築女懷清臺。劉玄德與曹操爭天下，諸葛孔明起隴中，方二人之昧昧於一隅也，世何足以知之？余區區處敗屋中，方揚眉瞬目，謂有奇景；人知之者，其謂與埳井之蛙何異？

余既爲此志，後五年，吾妻來歸。時至軒中，從余問古事，或憑几學書。吾妻歸寧，述諸小妹語曰：「聞姊家有閣子，且何謂閣子也？」其後六年，吾妻死，室壞不修。其後二年，余久臥病無聊，乃使人復葺南閣子，其制稍異於前。然自後余多在外，不常居。庭有枇杷樹，吾妻死之年所手植也；今已亭亭如蓋矣。

請依據前述文章回答下列問題。

問題一：[省思評鑑]

(　) 如果你是一名房屋仲介商，要出售修葺前的舊南閣子，爲避免廣告不實而觸法，宣傳單上可以刊登什麼？

①格局方正，大器百坪

②環境清幽，獨立安靜

③百年工法，古典風華

④坐南朝北，明亮通風

問題二：[統整解釋]

第二段作者提到：「然余居於此，多可喜，亦多可悲。」其所「可悲」者指的是哪些往事？

請作答：

問題三：[統整解釋]

(　) 承上題，下列何者比較貼近歸有光「悲」的情緒？

①因仕途不遂而自憐

②因辜負期望而慚愧

③因事遷人異而傷感

④因妻子過世而哀嘆

問題四：[省思評鑑]

(　) 歸有光在文中提到的許多「可喜」之事，它們有什麼功能？

①平衡本文的低迷氣氛

②凸顯後文的悲傷情緒

③呼應第四段古人的高尚情操

④展現雖處敗室卻遠大的理想

問題五：[擷取訊息]

請問本文作者以哪兩位古人來自勉？

請作答：

問題六：[省思評鑑]

(　) 文末的枇杷樹所象徵的意涵與下列何者接近？

①何當共剪西窗燭，卻話巴山夜雨時

②山盟雖在，錦書難托　，莫，莫，莫

③十年生死兩茫茫，不思量，自難忘

④山無稜，天地合，乃敢與君絕

標準答案

問題一：⑶

問題二：正確答出：諸父異爨、追憶母親生前二三事（母親早逝）、追念祖母對自身的關愛與期許（與祖母的親情）

問題三：⑶

問題四：⑵

問題五：正確答出：（巴蜀寡婦）清、諸葛孔明（諸葛亮）

問題六：⑶

文本分析

〈項脊軒志〉一文圍繞作者的書房項脊軒開展，第一段簡介項脊軒由來，包括其前身、修葺過程、整頓過後的樣貌；第二段以「然於居於此，多可喜，亦多可悲」承接，開啓後文對往事的追念；第三段補充說明項脊軒地靈人傑的特色；第四段則以巴蜀寡婦清、諸葛亮自我期許，期待自己有朝一日能實現理想。

文末的補記是作者三十歲後所作，距離項脊軒志完成的時間已經過十餘年，其所傳達的情意與以書房爲中心的生活情感基本連貫，但隱約又透露不同於年少的滄桑之感。

本文寫的是書房，但眞正觸及的是作者在書房所見聞的家族變遷與自身所感。其篇幅短小、語言精練，卻能夠賦予日常家人間互動眞摯深沉的情感，是這篇文章的成功之處。

	項脊軒志	補記
喜	第一段：修葺舊南閣子	夫妻生活
悲	諸父異爨 第二段：懷念母親 懷念祖母	懷念亡妻

在本文中，圍繞著項脊軒所刻劃的悲喜之情值得深究。次段言：「多可喜，亦多可悲。」然而「喜」在文章中的意義卻是偏向功能性的，主要作爲其後悲情的藥引。在修葺舊南閣子的「喜」的對比下，家族變遷的「悲」就被放大了；在夫妻生活和樂融融的「喜」的襯托下，對妻子思念、樹影亭亭如蓋的「悲」也被深化了。作者透過多層次的對比，把其欲強調的情感標榜出來。

要更深入的理解、體會文章，讀者或許應對項脊軒與歸有光的背景有一定程度的認識。文中提及事件的時間性對於作者的寫作思路與讀者的閱讀感受頗爲關鍵，茲將整理如下：

事件	喪母	修葺舊南閣子	祖母去世	完成項脊軒志	中秀才	娶妻	喪妻	續絃	中舉人	講學於嘉定	喪子	中進士	去世
年齡	8	15	16-17	18	20	23	30	30	35	35	41	58	64

若將上表的時間代入〈項脊軒志〉的行文脈絡裡，讀者可以想像：對幼年喪母、家族分裂、被寄予功名厚望的歸有光而言，祖母的去世無疑是歸有光少年生活中一次巨大的打擊。根據這層認識，我們也就不難理解其筆下的「悲」其來何自。其次，歸有光雖早中秀才，但往後仕途卻走得坎坷不遂，時隔十五年才中舉人，年五十八方中進士，其間的漂泊與苦悶、少年時理想的落差，對生活悲苦的沉澱與昇華，終在補記冷靜的文字之中隱然浮現出來。

問題一：[省思評鑑]

⑶如果你是一名房屋仲介商，要出售修葺前的舊南閣子，爲避免廣告不實而觸法，宣傳單上可以刊登什麼？

①格局方正，大器百坪

②環境清幽，獨立安靜

③百年工法，古典風華

④坐南朝北，明亮通風

說明：

作者在第一段提及舊南閣子：「室僅方丈，可容一人居。百年老屋，塵泥滲漉，雨澤下注，每移案，顧視無可置者。又北向，不能得日，日過午已昏。」可知南閣子面積小、屋齡高且日照不足，還會漏雨落塵。第三段又提到項脊軒，也就是南閣子的位置在廚房旁邊，「人往，從軒前過。」故非獨立安靜之所。

問題二：[統整解釋]

第二段作者提到：「然余居於此，多可喜，亦多可悲。」其所「可悲」者指的是哪些往事？

說明：

作者在「然余居於此，多可喜，亦多可悲」後，描述了家族的人事變遷。父輩分家另炊，不僅改建了房屋，也隔閡了親情。回憶母親和祖母的往事卻觸景傷情，引發對逝者的傷感與追思，以及他人的期許和現實落差之抱愧。作者在文中雖也追憶亡妻，但他已不常居項脊軒，故非正確答案。

答案：

正確且完整：正確答出（1）至（3）三項答案

(1) 與「諸父異爨」的相關描述：

- 分家
- 家族分裂

(2) 與「追憶母親生前二三事（母親早逝）」的相關描述：

- 嫗每謂余曰：「某所，而母立於茲。」嫗又曰：「汝姊在吾懷，呱呱而泣；娘以指叩門扉曰：『兒寒乎？欲食乎？』吾從板外相爲應答。」語未畢，余泣，嫗亦泣
- 與老婆婆的對話，引發對母親的思念
- 幼年喪母
- 思念母親

(3) 與「追念祖母對自身的關愛與期許（與祖母的親情）」的相關描述：

- 大母過余，曰：「吾兒，久不見若影，何竟日默默在此，大類女郎也！」
- 大母自語曰：「吾家讀書久不效，兒之成，則可待乎？」頃之，持一象笏至，曰：「此吾祖太常公宣德間執此以朝，他日汝當用之。」
- 被祖母寄予功名厚望
- 回憶祖母

正確但不完整：正確答出（1）至（3）任 1-2 個答案

不正確：答案不合理或與問題無關

- 吾妻死（理解錯誤）
- 東犬西吠，客逾庖而宴，雞棲於廳（答案模糊）
- 庭中始為籬，已為牆，凡再變矣（答案模糊）
- 瞻顧遺跡，如在昨日，令人長號不自禁（僅表示作者的悲傷之情，未寫出作者悲傷的原因）

問題三：[統整解釋]

(3) 承上題，下列何者比較貼近歸有光「悲」的情緒？

①因仕途不遂而自憐

②因辜負期望而慚愧

③因事遷人異而傷感

④因妻子過世而哀嘆

說明：

從問題二可得知，歸有光的悲傷來自於回憶母親、祖母及感嘆家族的變遷，表現對逝者的思念之情，更隱含了景物依舊，人事全非的喟嘆。

問題四：[省思評鑑]

（2）歸有光在文中提到的許多「可喜」之事，它們有什麼功能？

平衡本文的低迷氣氛

凸顯後文的悲傷情緒

呼應第四段古人的高尚情操

展現雖處敗室卻遠大的理想

說明：

作者在第二段說到：「多可喜，亦多可悲。」可喜之事包含第一段提到修葺項脊軒、書齋恬適的氛圍，以及末段過去與妻子的美滿生活。然而綜觀本文，可悲之事遠多於可喜之事，第一段描述項脊軒幽靜自在的環境之後，緊接著是家族的分崩與對親人的思念；末段更移情於物，以亡妻親植的枇杷樹作結，對比出因失去而更顯珍貴的懷念記憶。

問題五：[擷取訊息]

請問本文作者以哪兩位古人來自勉？

說明：

倒數第二段作者以寡婦清、諸葛孔明兩位出身平凡，但成就不凡的古人自我勉勵，希望有朝一日能實現自我的理想。

答案：

正確且完整：正確答出「清、諸葛孔明」

不正確：答案不合理或與問題無關

僅答出「清、諸葛孔明」任 1 個答案（答案不完整）

問題六：[省思評鑑]

(3) 文末的枇杷樹所象徵的意涵與下列何者接近？

- 何當共剪西窗燭，卻話巴山夜雨時
- 山盟雖在，錦書難托 ，莫，莫，莫
- 十年生死兩茫茫，不思量，自難忘
- 山無稜，天地合，乃敢與君絕

說明：

最後一段作者睹物思人，藉由描寫枇杷樹如今已枝繁葉茂，表達對亡妻的無盡思念綿綿不絕。

選項（1）：何時我們能在西窗下團聚，一同剪燭徹夜長談，向你訴說巴山夜雨時，我對你的深深思念。—表達對夫妻相聚的期盼。

選項（2）：海誓山盟的誓言仍在，可是錦文書信卻難以托人交付，唉！還是罷了吧！—表達有緣無份的相思之情。

選項（3）：兩人生死相隔，在十年的空虛歲月中，即使不去思念，卻永遠難以忘懷—蘇軾悼念亡妻之作。

選項（4）：直到高山變成平地，天地合而爲一的那天，我才會與你斷絕情義—表示愛情的堅貞與永恆。

醉翁亭記 歐陽脩

環滁皆山也。其西南諸峰，林壑尤美。望之蔚然而深秀者，瑯琊也。山行六七里，漸聞水聲潺潺，而泄出於兩峰之間者，釀泉也。峰回路轉，有亭翼然臨於泉上者，醉翁亭也。作亭者誰？山之僧智僊也。名之者誰？太守自謂也。太守與客來飲於此，飲少輒醉，而年又最高，故自號曰「醉翁」也。醉翁之意不在酒，在乎山水之間也。山水之樂，得之心而寓之酒也。

若夫日出而林霏開，雲歸而巖穴暝，晦明變化者，山間之朝暮也。野芳發而幽香，佳木秀而繁陰，風霜高潔，水落而石出者，山間之四時也。朝而往，暮而歸，四時之景不同，而樂亦無窮也。

至於負者歌於滁，行者休於樹，前者呼，後者應，傴僂提攜，往來而不絕者，滁人遊也。臨溪而漁，溪深而魚肥；釀泉爲酒，泉香而酒洌；山肴野蔌，雜然而前陳者，太守宴也。宴酣之樂，非絲非竹，射者中，弈者勝，觥籌交錯，坐起而喧嘩者，眾賓歡也。蒼顏白髮，頹乎其中者，太守醉也。

已而夕陽在山，人影散亂，太守歸而賓客從也。樹林陰翳，鳴聲上下，遊人去而禽鳥樂也。然而禽鳥知山林之樂，而不知人之樂；人知從太守遊而樂，而不知太守之樂其樂也。醉能同其樂，醒能述其文者，太守也。太守謂誰？廬陵歐陽修也。

請依據前述文章回答下列問題。

問題一：[省思評鑑]

（　）作者首段以層層遞進的手法描寫醉翁亭的地理環境，這樣的寫法有何用意？

①渲染醉翁亭世外仙境的氛圍

②呼應作者「醉」的觀物眼光

③使讀者有身歷其境的同遊感受

④凸顯醉翁亭附近山水自然之美

問題二：[擷取訊息]

「醉翁」這個稱號的由來爲何？

請作答：

問題三：[擷取訊息]

請問作者從哪些角度觀察山水的變化？

請作答：

問題四：[統整解釋]

作者的快樂來自何處？

請作答：

問題五：[統整解釋]

（　）本文提到的「人之樂」有兩個層次，請問各爲何者？分別代表誰的觀點？

①唱歌之樂（負者）、休憩之樂（行者）

②出遊之樂（滁人）、飲酒之樂（醉翁）

③遊玩之樂（百姓）、百姓之樂（作者）

④宴酣之樂（衆賓）、頽然之樂（太守）

問題六：[省思評鑑]

（　）請問作者於文章末段寫下「然而禽鳥知山林之樂，而不知人之樂」的用意爲何？

①和文章前二段的山水之樂前後呼應

②作爲類比，將快樂的層次加以區分

③逐步引出焦點，加強讀者的注意力

④間接凸顯遊山宴飲之樂與太守之樂

標準答案

問題一：(3)

問題二：正確答出：飲少輒醉，而年又最高

問題三：正確答出：朝暮、四時

問題四：正確答出：山水之樂、人民之樂

問題五：(3)

問題六：(2)

文本分析

歐陽脩是北宋文壇的領袖與導師，一手主導了宋代的古文運動，排斥唐末以來西崑體華而不實的虛靡文風。在他的倡導與努力下，北宋的古文運動達到了唐代未曾有的高度，影響直到清末。其對後進的提攜亦不遺餘力，古文八大家中的三蘇父子、曾鞏、王安石都直接或間接受到他的賞識，其他如司馬光、呂公祝等名臣，也曾受過他的提拔；歐陽修去世時，宋朝文人不分政見、黨派、賢愚，皆爲之嘆息流淚。

〈醉翁亭記〉是歐陽修被貶滁州時所作，描寫時任太守的歐陽修與民同遊同樂的情景。其精巧結構、優美的意境和平易卻精準的文字，向爲文評家所稱道。閱讀時，我們可就寫作手法與段落的安排，發掘其文成功的秘訣；而其所展露的對「樂」的態度，更值得讀者細細品味。

第一段以「剝筍法」介紹醉翁亭的地理環境，這種由大而小、逐漸聚焦的技巧，予讀者從遠而近、從外而內的視覺想像，彷彿引領讀者跟隨太守的腳步，一同進入瑯琊山的秀麗之中。並以「醉翁之意不在酒」，指出太守第一層次的快樂，乃是「在乎山水之間也」。

第二段和第三段分別描繪自然美景的變化與群眾宴饗的歡騰，涉及的面相比較廣泛，是本篇意境的核心。作者描寫了四季、朝暮、行人、宴會等等的森羅意象，儼然一幅浮世繪；並透過這些事物，將其抽象的情緒具體的展示出來。

末段承接三段的「民之樂」，描寫日暮賦歸的情形。在此之前，「山林之樂」與「人之樂」本來是同列而陳的，然而最後作者藉由「禽鳥」與「人」的對比，「民」與「太守」的對比，將其快樂的層次加以細分，並做出主觀判斷：「山林之樂」固然可樂，但「人之樂」似乎又更令作者重視；進一步的，在「人之樂」的基礎上，「遊玩之樂」固然可樂，但在歐陽修以「太守」的眼光關照之下，「百姓安樂」的快樂又被凸顯出來，展現了爲父母官的關懷之情。

問思解答與說明

問題一：[省思評鑑]

（3）作者首段以層層遞進的手法描寫醉翁亭的地理環境，這樣的寫法有何用意？

①渲染醉翁亭世外仙境的氛圍

②呼應作者「醉」的觀物眼光

③使讀者有身歷其境的同遊感受

④凸顯醉翁亭附近山水自然之美

說明：

文章第一段以「剝筍法」介紹醉翁亭的地理環境、位置，這種由大而小、從遠而近逐漸聚焦的寫作手法，引領讀者隨著作者的視野，一起進入山水美景之中。

問題二：[擷取訊息]

「醉翁」這個稱號的由來爲何？

說明：

可參考文章第一段：「飲少輒醉，而年又最高，故自號曰『醉翁』也。」

答案：

正確且完整：正確答出「飲少輒醉，而年又最高」

不正確：答案不合理或與問題無關

・飲少輒醉（答案不完整）

・年又最高（答案不完整）

・歐陽修自號醉翁（未解釋他自號醉翁的原因）

問題三：[擷取訊息]

請問作者從哪些角度觀察山水的變化？

說明：

文中第二段描述山中的景色隨著時間早晚而有明暗色彩的變化，「若夫日出而林霏開，雲歸而巖穴暝」。因季節移轉，四季的景致也各有差異，「野芳發而幽香，佳木秀而繁陰，風霜高潔，水落而石出」。

答案：

正確且完整：正確答出與「朝暮、四時」的相關描述：

・與「朝暮」的相關描述：山間之朝暮、晝夜、時間、日出雲歸

・與「四時」的相關描述：山間之四時、四季、季節

不正確：答案不合理或與問題無關

・僅答出「朝暮、四時」任 1 個答案（答案不完整）

問題四：[統整解釋]

作者的快樂來自何處？

說明：

讀者可以回到前文找尋線索，第一、二段描繪自然美景的「山林之樂」，並明確指出：「醉翁之意不在酒，在乎山水之間也。山水之樂，得之心而寓之酒也。」文章第三段描述群眾宴饗的「民之樂」，作者在末段點出：「人知從太守遊而樂，而不知太守之樂其樂也。」可知太守以民之樂而樂。

答案：

正確且完整：正確答出與「山水之樂、人民之樂」的相關描述：

・山林之樂、民之樂

・山水之樂、人之樂

不正確：答案不合理或與問題無關

・僅答出「山水之樂、人民之樂」任 1 個答案（答案不完整）

・人知從太守遊而樂，而不知太守之樂其樂也（答案不完整）

・醉翁之意不在酒，在乎山水之間也（答案不完整）

・宴酣之樂（理解錯誤）

問題五：[統整解釋]

（3）本文提到的「人之樂」有兩個層次，請問各為何者？分別代表誰的觀點？

①唱歌之樂（負者）、休憩之樂（行者）

②出遊之樂（滁人）、飲酒之樂（醉翁）

③遊玩之樂（百姓）、百姓之樂（作者）

④宴酣之樂（衆賓）、頹然之樂（太守）

說明：

作者藉由「禽鳥知山林之樂，而不知人之樂；人知從太守遊而樂，而不知太守之樂其樂也」的對比，將快樂分為禽鳥之樂、人之樂、太守之樂，其中人之樂包含了百姓的遊玩之樂，以及太守因百姓之樂而樂的關懷之情。

問題六：[省思評鑑]

（2）請問作者於文章末段寫下「然而禽鳥知山林之樂，而不知人之樂」的用意為何？

①和文章前二段的山水之樂前後呼應

②作為類比，將快樂的層次加以區分

③逐步引出焦點，加強讀者的注意力

④間接凸顯遊山宴飲之樂與太守之樂

說明：

「禽鳥知山林之樂，而不知人之樂」點出快樂區分為「山林之樂」與「人之樂」；下句「人知從太守遊而樂，而不知太守之樂其樂也」才進一步將「人之樂」區分為百姓遊山宴飲之樂與太守之樂。因此答案應選（2）。

天才夢＊　張愛玲

我是一個古怪的女孩，從小被目為天才，除了發展我的天才外別無生存的目標。然而，當童年的狂想逐漸褪色的時候，我發現我除了天才的夢之外一無所有——所有的只是天才的乖僻缺點。世人原諒瓦格涅[1]的疏狂，可是他們不會原諒我。

加上一點美國式的宣傳，也許我會被譽為神童。我三歲時能背誦唐詩。我還記得搖搖擺擺地立在一個滿清遺老

的藤椅前朗吟「商女不知亡國恨，隔江猶唱後庭花」，眼看著他的淚珠滾下來。七歲時我寫了第一部小說，一個家庭悲劇。遇到筆畫複雜的字，我常常跑去問廚子怎樣寫。第二部小說是關於一個失戀自殺的女郎。我母親批評說：如果她要自殺，她決不會從上海乘火車到西湖去自溺，可是我因爲西湖詩意的背景，終於固執地保存了這一點。

我僅有的課外讀物是《西遊記》與少量的童話，但我的思想並不爲它們所束縛。八歲那年，我嘗試過一篇類似烏托邦的小說，題名《快樂村》。快樂村人是一好戰的高原民族，因克服苗人有功，蒙中國皇帝特許，免征賦稅，並予自治權。所以快樂村是一個與外界隔絕的大家庭，自耕自織，保存著部落時代的活潑文化。

我特地將半打練習簿縫在一起，預期一本洋洋大作，然而不久我就對這偉大的題材失去了興趣。現在我仍舊保存著我所繪的插畫多幀，介紹這種理想社會的服務，建築，室內裝修，包括圖書館，「演武廳」，巧克力店，屋頂花園。公共餐室是荷花池裡一座涼亭。我不記得那裡有沒有電影院與社會主義——雖然缺少這兩樣文明產物，他們似乎也過得很好。

九歲時，我躊躇著不知道應當選擇音樂或美術作我終身的事業。看了一張描寫窮困的畫家的影片後，我哭了一場，決定做一個鋼琴家，在富麗堂皇的音樂廳裡演奏。

對於色彩，音符，字眼，我極爲敏感。當我彈奏鋼琴時，我想像那八個音符有不同的個性，穿戴了鮮艷的衣帽攜手舞蹈。我學寫文章，愛用色彩濃厚、音韻鏗鏘的字眼，如「珠灰」、「黃昏」、「婉妙」、「splendour」[2]、「melancholy」[3]，因此常犯了堆砌的毛病。直到現在，我仍然愛看《聊齋志異》與俗氣的巴黎時裝報告，便是爲了這種有吸引力的字眼。

在學校裡我得到自由發展。我的自信心日益堅強，直到我十六歲時，我母親從法國回來，將她睽隔多年的女兒研究了一下。

「我懊悔從前小心看護你的傷寒症，」她告訴我，「我寧願看你死，不願看你活著使你自己處處受痛苦。」

我發現我不會削蘋果。經過艱苦的努力我才學會補襪子。我怕上理髮店，怕見客，怕給裁縫試衣裳。許多人嘗試過教我織絨線，可是沒有一個成功。在一間房裡住了兩年，問我電鈴在哪兒我還茫然。我天天乘黃包車上醫院去打針，接連三個月，仍然不認識那條路。總而言之，在現實的社會裡，我等於一個廢物。

我母親給我兩年的時間學習適應環境。她教我煮飯；用肥皂粉洗衣；練習行路的姿勢；看人的眼色；點燈後記得拉上窗簾；照鏡子研究面部神態；如果沒有幽默天才。千萬別說笑話。

在待人接物的常識方面，我顯露驚人的愚笨。我的兩年計劃是一個失敗的試驗。除了使我的思想失去均衡外，我母親的沉痛警告沒有給我任何的影響。

生活的藝術，有一部分我不是不能領略。我懂得怎麼看「七月巧雲」，聽蘇格蘭兵吹 bagpipe[4]，享受微風中的藤椅，吃鹽水花生，欣賞雨夜的霓虹燈，從雙層公共汽車上伸出手摘樹巔的綠葉。在沒有人與人交接的場合，我充滿了生命的歡悅。可是我一天不能克服這種咬嚙性的小煩惱，生命是一襲華美的袍，爬滿了蚤子。

註：

1. 瓦格涅，通譯爲瓦格納（Richard Wagner，1813-1883），德國作曲家、文學家，一生致力於歌曲創作，代表作有《尼伯龍根指環》等。
2. splendour，輝煌，壯麗。
3. melancholy，憂鬱。
4. bagpipe，風笛。

請依據前述文章回答下列問題。

問題一：[統整解釋]

(　　) 根據本文，請問下列何者敘述正確？

①第二段後著重描述作者勤能補拙的表現

②通篇文章表達身爲天才生不逢時的煩惱

③暗喻家人不諒解是壓抑天才的根本原因

④作者以對比手法來表現自我覺察與成長

問題二：[統整解釋]

請問作者的「天才」體現在哪些方面？

請作答：

問題三：[統整解釋]

根據本文，爲什麼作者會說「我發現我除了天才的夢之外一無所有」？

請作答：

問題四：[統整解釋]

文章中提到：「我母親批評說：如果她要自殺，她決不會從上海乘火車到西湖去自溺，可是我因爲西湖詩意的背景，終於固執地保存了這一點。」根據上述內容，作者與母親基於不同的觀點而產生相異的觀點，請試解釋其差異爲何？

請作答：

問題五：[統整解釋]

(　　) 從寫作的觀點，你覺得作者母親的角色在本文中有什麼作用？

①點醒作者不切實際的天才夢

②讓作者得以成功的融入社會

③以對比出作者社會化的差異

④凸顯親情支持對夢想的重要

問題六：[統整解釋]

(　　) 根據本文，「生命是一襲華美的袍，爬滿了蚤子」這句話有什麼含意？

①暗指人們只重視事物表面的美好

②說明生命中的歡悅只是曇花一現

③暗嘆天才的苦惱一般人無法理解

④比喻生命雖美好但充滿生活煩惱

標準答案

問題一：⑷

問題二：正確答出：文學和藝術與期許（與祖母的親情）

問題三：正確答出：因爲她並非眞正的天才且是個生活白痴

問題四：⑶

問題五：⑷

文本分析

〈天才夢〉是女作家張愛玲十九歲時參加當時《西風》雜誌徵文賽所創作的一篇散文，文章展露她對生活敏銳的覺察與文字語言表達的才華，尤其是文章最後對生命略帶滄桑，超越年齡的體悟，讓她初出文壇便受到矚目。張愛玲的散文，大多是以自己爲主角的主觀書寫，題材從日常生活中的衣食住行、喜怒哀樂，思索自身的所見所聞所。閱讀其作品像是觀看一幕幕生活的走秀，展現在我們面前的是眞切的、親近的、描述近乎瑣碎的——張愛玲世界。

在〈天才夢〉這篇散文中，張愛玲以第一人稱的主觀敘述，串聯童年到青少間的數段故事，講述自己被視爲天才的成長過程。但故事間的安排，一再以對比來呈現她內在特質與外在眼光之間的對立差異，藉此思索自我的價值的同時，也提出一個問題：「我這樣的人是古怪或是天才？這界定在哪裡？」如同這篇文章的標題，在「天才」一詞後面加了「夢」字，將一個正向的詞轉換爲不存在的幻境，近乎爲文中主角的故事下了一個註腳。

文中第一段開頭她就說：「我是一個古怪的女孩，從小被目爲天才，除了發展我的天才外別無生存的目標」。張愛玲對自己的看法是位「古怪」的女孩，但是這份古怪卻是他人眼中的「天才」。接著她又說：「然而，當童年的狂想逐漸褪色的時候，我發現我除了天才的夢之外一無所有——所有的只是天才的乖僻缺點。世人原諒華格納的疏狂，可是他們不會原諒我。」進一步指出自己雖然被視爲天才，但從她自身的觀點了解，她所擁有的只是如夢的幻想，更以性格孤僻的德國偉大音樂家華格納做爲對比，暗指眞正的天才是可以令人以寬容的態度來接納性格上的瑕疵，而她自己並沒有可比擬的才情，因此乖僻的性格難以獲得原諒。

文章第二段說明她被視爲天才的表現，包括：三歲時能背誦唐詩，七歲時寫了第一部小說，但是開頭那句：「加上一點美國式的宣傳，也許我會被譽爲神童。」這近乎旁觀者的中立描述，呼應了第一段的觀點——她的「天才」形象是他人加諸的看法，並非是她自己如此認爲。而張愛玲續以母親對她第二部小說創作中自殺地點的相異觀點，同樣以對比的形式，表達母女各自代表的平凡務實與藝術唯美的衝突，再現古怪或天才的主題變奏。

文章第三段談起她八歲那年課外讀物，除了《西遊記》與少量童話外，也不願思想被束縛，並嘗試寫一篇題名《快樂村》類似與外界隔絕的烏托邦的小說。到九歲決定放棄繪畫成爲音樂家的過程，並且對於色彩、音符、字眼極爲敏感，彈奏鋼琴時會想像八個音符的個性，如穿戴了鮮艷的衣帽攜手舞蹈。在學寫文章時，愛用色彩濃厚、音韻鏗鏘的字眼……等。這所有的內容都描述張愛玲在藝術與內在世界的層面上，有著超乎年齡的成熟與個性鮮明的熱情活力。但緊接著下一段的敘述：「在學校裡我得到自由發展。我的自信心日益堅強，直到我十六歲時，我母親從法國回來，將她暌違多年的女兒研究了一下。」又帶入另一大段對比的內容。此處的轉折

很有趣，因爲母親不在身邊的時間，張愛玲並沒有發現她在生活上是如此脱離常規的無能。但母親回來之後，好像把她從一個夢境中拉回到現實，從母親的感嘆到她發現在生活上許多事情無法自理，與現實生活疏離，在待人接物的常識上，顯露驚人的愚笨。文章第八段的最後一行她寫道：「總而言之，在現實的社會裡，我等於一個廢物。」甚至兩年的學習適應之後，換來的是：「除了使我的思想失去均衡外，我母親的沉痛警告沒有給我任何的影響。」

在面對這樣的現實，張愛玲在文章最後一段，寫下她眞實而深刻感嘆：「在沒有人與人交接的場合，我充滿了生命的歡悅。可是我一天不能克服這種咬嚙性的小煩惱，生命是一襲華美的袍，爬滿了蚤子。」擁有一個能領略生命歡愉與藝術大美的靈魂，生命無疑是件華麗的袍子，但是現實凡俗的生活枝節，又像蚤子的叮咬，時時提醒天才的靈魂陷於現實的困境，而呈現古怪的姿態。

或許張愛玲九歲所寫那與世隔絕的烏托邦《快樂村》正是她內心的原鄉。而十九歲的張愛玲在〈天才夢〉中眞正想問的是：「誰能決定我是誰？」

問思解答與說明

問題一：[統整解釋]

⑷根據本文，請問下列何者敘述正確？

①第二段後著重描述作者勤能補拙的表現

②通篇文章表達身爲天才生不逢時的煩惱

③暗喻家人不諒解是壓抑天才的根本原因

④作者以對比手法來表現自我覺察與成長

說明：

選項（1）：作者發現自己在現實生活中等於廢物，經過了許多練習才習得一些生活技能，但非著重描寫的面向。

選項（2）：作者認爲自己不是天才，但有許多乖僻的缺點。

選項（3）：文章提到作者的母親發現她無法自理生活中的許多事情，進而教導她學習適應環境，並非以不諒解的態度壓抑作者的才華發展。

問題二：[統整解釋]

請問作者的「天才」體現在哪些方面？

說明：

文章第二、三段提及作者在七、八歲時開始撰寫小說，第五段則寫道：「九歲時，我躊躇著不知道應當選擇音樂或美術作我終身的事業」，可知張愛玲自小便展現寫作和藝術創作的長才。

答案：

正確且完整：正確答出與「文學、藝術」的相關描述：

與「文學」的相關描述：

七歲時我寫了第一部小說

八歲那年，我嘗試過一篇類似烏托邦的小說

我三歲時能背誦唐詩

寫作

與「藝術」的相關描述：

九歲時，我躊躇著不知道應當選擇音樂或美術作我終身的事業

彈鋼琴

繪畫

不正確：答案不合理或與問題無關

僅答出「文學」、「藝術」任 1 個答案（答案不完整）

問題三：[統整解釋]

根據本文，爲什麼作者會說「我發現我除了天才的夢之外一無所有」？

說明：

作者在首段即明言：「我發現我除了天才的夢之外一無所有——所有的只是天才的乖僻缺點」，接著以性格孤僻的德國音樂家華格納做爲對比，表示自己並沒有可比擬的才情。文章第二段至第六段，敘述了張愛玲小時了了的事蹟，對自己的才華也頗有自信；在下一段卻急轉直下，母親的歸國揭露了她在生活中的無能，作者更以「廢物」、「驚人的愚笨」來形容自己，在這種帶有些許自我厭惡的嘲諷之中，更加深了「天才夢」與現實的落差。

答案：

正確且完整：正確答出與「因爲她並非眞正的天才且是個生活白痴」相關答案

不正確：答案不合理或與問題無關

常見錯誤：答案不完整

因爲她在日常生活很笨拙

在現實的社會裡，我等於一個廢物

待人接物的常識方面，我顯露驚人的愚笨

其他錯誤：

生命是一襲華美的袍，爬滿了蚤子（語意模糊）

她只有天才的乖僻缺點（理解錯誤）

問題四：[統整解釋]

文章中提到：「我母親批評說：如果她要自殺，她決不會從上海乘火車到西湖去自溺，可是我因爲西湖詩意的背景，終於固執地保存了這一點。」根據上述內容，作者與母親基於不同的觀點而產生相異的觀點，請試解釋其差異爲何？

說明：

這段文字表現了母親與作者對小說中的情節，因不一樣的思考而產生相異的觀點。

答案：

正確且完整：正確答出與「母親／現實考慮判斷。作者／創作美感需要」相關答案

不正確：答案不合理或與問題無關

．僅答出「母親／現實考慮判斷」或「作者／創作美感需要」任一個答案

因爲作者很固執（理解錯誤）

作者是生活白癡（理解錯誤）

她有天才的乖僻缺點（理解錯誤）

問題五：［統整解釋］

（ 3 ）從寫作的觀點，你覺得作者母親的角色在本文中有什麼作用？

①點醒作者不切實際的天才夢

②讓作者得以成功的融入社會

③以對比出作者社會化的差異

④凸顯親情支持對夢想的重要

說明：

作者的母親文章第二段第一次出現時，便批評了她頗爲得意的第一部小說，顯示了母女思想上的分歧。到張愛玲十六歲時，母親的角色再次出現，並爲其制訂了兩年的改造計畫，希望她能有照顧自己的能力，最終卻以失敗作結。因此答案應選（3）。

問題六：［統整解釋］

（ 4 ）根據本文，「生命是一襲華美的袍，爬滿了蚤子」這句話有什麼含意？

①暗指人們只重視事物表面的美好

②說明生命中的歡悅只是曇花一現

③暗嘆天才的苦惱一般人無法理解

④比喻生命雖美好但充滿生活煩惱

說明：

末段提到：「在沒有人與人交接的場合，我充滿了生命的歡悅」，因爲作者懂得領會、享受生活中的藝術，然而對於人際交往的愚鈍和自理生活的無能，卻是無法擺脫的煩惱，不斷撓癢著過度飽脹空虛的「天才夢」。

品學堂 WISDOM HALL EDUCATION CO., LTD

閱讀理解 特惠訂購單

READING LITERACY LEARNING JOURNAL

華文閱讀素養評量學習誌

個人訂閱 一年四刊 680元

請填妥資料後傳真至 02-2377-5811

Yes！ □ 自2015年 9 月號開始訂閱一年。
□ 續訂依原訂閱到期後接續寄送。(請務必填寫閱讀理解訂戶編號)

基本資料 (填寫本欄請以雜誌收件人之資料為主)

姓名：________ 性別：□ 先生 □ 小姐 訂戶編號：________ (續訂填寫)

電話：日(　) ________ 夜(　) ________ 手機：________

生日：民國____年____月____日(必填) E-mail：________

收件地址：□□□ ________

雜誌郵寄方式：□ 國內平信 □ 國內掛號 (每期加收20元，一年80元)

付款資料

付款總金額：方案優惠價 ________ 元 + 國內掛號 ________ 元 (無掛號免填) = ________ 元

□ ATM轉帳　銀行名稱：國泰世華銀行 敦化分行　銀行代碼：013　帳號：212035006688		
轉帳帳號末五碼	轉帳日期 / 時間	請將交易憑據與本訂購單傳真至：02-2377-5811
□ 銀行轉帳　銀行名稱：國泰世華銀行 敦化分行　戶名：品學堂文化股份有限公司 帳號：212035006688		
請將交易憑據與本訂購單傳真至：02-2377-5811		

三聯式發票：抬頭　　　　統一編號

《閱讀理解》季刊訂閱優惠訂閱活動注意事項

- 請利用本訂購單劃撥訂閱，若有需要可自行影印複製。
- 本訂購方案僅適用於台、澎、金、馬。
- 訂單傳真完成，後請來電確認。因前置作業影響，新訂戶首期雜誌約7-10個工作天收到。
- 本公司保留訂單接受與否之權利。

訂閱傳真：02-2377-5811
客服信箱：services@wisdomhall.com.tw

品學堂文化股份有限公司

10669台北市大安區和平東路三段36號5樓之1
TEL +886 2 2377 8111　**FAX** +886 2 2377 5811

《聯合文學》

品學堂